FABIAN NAVARRO
Miez Marple und die Kralle des Bösen

FABIAN NAVARRO

MIEZ MARPLE

UND DIE KRALLE DES BÖSEN

Roman

GOLDMANN

Der Verlag behält sich die Verwertung der urheberrechtlich
geschützten Inhalte dieses Werkes für Zwecke des Text- und
Dataminings nach § 44b UrhG ausdrücklich vor.
Jegliche unbefugte Nutzung ist hiermit ausgeschlossen.

Penguin Random House Verlagsgruppe FSC® N001967

6. Auflage
Originalausgabe April 2022
Copyright © 2022 by Wilhelm Goldmann Verlag, München,
in der Penguin Random House Verlagsgruppe GmbH,
Neumarkter Straße 28, 81673 München
produktsicherheit@penguinrandomhouse.de
(Vorstehende Angaben sind zugleich Pflichtinformationen nach GPSR.)

Gestaltung Umschlag/Innenseiten: FAVORITBÜRO, München.
Umschlagmotiv: Falcon Eyes/Shutterstock;
MARCUSZ2527/Shutterstock
KN · Herstellung: ik
Satz: Uhl + Massopust, Aalen
Druck und Einband: CPI books GmbH, Leck
Printed in the EU
ISBN: 978-3-442-20630-8

www.goldmann-verlag.de

EINS

Tiefschwarze Wolken schoben sich vor den Mond wie eine Katze vor einen Monitor, an dem dringend gearbeitet werden musste. Vereinzelt blinzelten Hochhausfenster in die Nacht. Der Oktoberwind scheuchte Plastiktüten durch die Gassen, als wären sie ängstliche Mäuse.

Während die Menschen sich in ihren Betten zusammengerollt hatten, leckte sich Kater Watson die feuchten Laubreste von den Tatzen. Der Geschmack erinnerte ihn an das Futter im Tierheim. Er seufzte. Seit Monaten verfolgte er die Spur eines Drogenrings, der auf www.checkmynip.com illegale Substanzen wie Katzengras und Baldrian feilbot. Über ein Mitglied des Chaos Cat Computer Clubs hatte er eine Liste von Adressen erhalten, die möglicherweise im Zusammenhang mit einigen größeren Transaktionen standen. Watson vermutete, dass es sich hierbei um Kleinganoven handelte. Trittbrettfahrer, die versuchten, einen Krümel vom Kuchen des florierenden Drogenhandels zu ergattern. Er hoffte, dass zumindest einer von ihnen singen würde. Leider hatten sich die letzten drei Adressen – ein Lagerhaus im Industriegebiet, ein verlassenes Fitnessstudio und ein baufälliges Bürogebäude – als Sprung ins Leere erwiesen. Er hatte bewusst zunächst die Orte überprüft, die von den Menschen gemieden wurden. Nun observierte er das Grundstück in der Felinenallee 34. Es war das erste Wohnhaus auf seiner Liste, und die Gegend war bemerkenswert. Das Sommerfellviertel thronte auf einem Hügel im Nordwesten der Stadt. Bei Tag fielen hier die Herbstsonnenstrahlen durch rotgoldene Baumkronen auf aristokratische Altbauten, und die Gehsteige schimmerten immer wie geschleckt. Hier fraß man kein Whiskas. Hier waren ganze Küchenteams für die Samtpfoten der Reichen und Schönen abgestellt. Viele der hier wohnenden Menschen waren so reich, dass sie es vorzogen, ihren Reichtum hinter Mauern zu verstecken. Wer hier lebte, konnte wortwörtlich auf den Rest der Stadt hinabsehen.

Watson ließ seinen wachsamen Blick über die grauen Großstadtviertel schweifen. Er sah die Neonschilder auf den Dächern der Hochhäuser, lauschte dem nächtlichen Verkehrstreiben und beobachtete, wie der Nebel in der Ferne die letzten Kräne des Hafens schluckte. In den letzten Jahren hatte sich die Stadt verändert. Der Ton der Straße war merklich rauer geworden, die Stimmung aufgeheizt. Bandenkriege, Drogenhandel, aufbrandende Gewalt: Die Polizei kam kaum noch hinterher. Wollte es vielleicht auch gar nicht. Watson wusste, dass seine Arbeit nur ein kleines Sandkorn auf einem großen Haufen Scheiße war, doch irgendetwas musste er tun.

Er wandte sich dem massiven Tor zu, das ihm den Blick auf das Anwesen verwehrte. Doch vor der hohen Gartenmauer stand ein Baum, dessen Zweige über die Mauer reichten. Vom Baum aus konnte er in einiger Entfernung die erleuchteten Fenster einer neoklassizistischen Villa erahnen. Routiniert wich Watson dem Blickfeld der Sicherheitskameras aus und überwand die Mauer. Im Vorgarten machte er einen Bogen um den Rasensprenger, erreichte die mit Efeu begrünte Fassade und begann daran hochzuklettern. Mühelos fanden seine Krallen Halt. Schon spähte er durch das Fenster im Erdgeschoss. Der Raum war vollgestopft mit Technik: Schaltpulte, Tastaturen mit LED-Beleuchtung, Filmscheinwerfer und Kameras. An den Wänden hingen gerahmte Schallplatten, Urkunden und ein Porträt, das ihn überrascht aufschnurren ließ: Aus dem Halbdunkel lächelte ihn das Konterfei von Florian Silberschweif an. Watson schnaubte. Er hasste diesen schmierigen Kater, der mit seiner Schlagermusik einen viralen Hit nach dem anderen landete. Die Single *Ein Fell für eine Nacht* war über eine Million Mal im Internet angeklickt worden. Silberschweif war beliebt bei den Menschen, die ihn aus »BEAUTIFUL CAT SINGS (Original Video)«, einem äußerst populären Katzenvideo, kannten. In der Welt der Katzen aber, wo man seinen Gesang verstand, war er ein Star. Sein Produzent drehte alle paar Wochen einen neuen Clip mit ihm. Sie gingen sogar zusammen auf Tour und traten in Shows vor zehntausenden Zweibeinern auf, die sich prächtig über den Kater amüsierten. Manchmal gab Silberschweif auch Konzerte für Katzen. Bei diesen spazierte er von Hausdach zu Hausdach und jaulte seine infantilen Texte auf so eindringliche Weise, dass es unmöglich war wegzuhören. Jedes Kätzchen kannte Silberschweif. Wenn er wirklich in die Drogensache verwickelt war, war das eine Riesensauerei.

Der Fall begann, interessant zu werden.

Watson untersuchte den Fensterrahmen und entdeckte die Alarmanlage. Hier kam er nicht ohne Weiteres hinein, also setzte er seine Kletterpartie fort. Im ersten Stock hatte er mehr Glück, ein Fenster stand offen. Ein beißender Dunst entströmte dem Raum und fraß sich durch die angenehmen Düfte des Herbstes. Er erkannte dieses widerwärtige Gemisch auf Anhieb: *Pink-Peach-Bubblegum*-Badebomben waren bei den Menschen derzeit in Mode.

Wasser plätscherte. Watson warf einen Blick in den Raum, konnte aber nicht viel erkennen. Dann vernahm er das zufriedene Geräusch eines Menschen, der sich in eine Badewanne legt. Schnell zog sich Watson zurück und drückte sich zwischen die Efeuranken. Allein der Gedanke an ein Vollbad in dieser olfaktorisch überladenen Tunke ließ ihn erschaudern: Was hatten diese Zweibeiner nur immer mit ihrem Wasser? Aber was wollte man auch erwarten von Wesen, die den größten Teil ihres Fells auf dem Kopf trugen?

Plötzlich witterte Watson, dass noch jemand im Raum war. Ein anderer Kater! Er roch nach Fisch, Hafen und Niedertracht. Das konnte unmöglich Silberschweif sein. Eine Weile blieb es drinnen ruhig, bis auf einmal ein grässlicher Lärm die Stille durchbrach. Es klang nach einem dieser entsetzlichen Staubsauger. Es folgten ein Platschen und ein Schrei. Watson sah den Duschvorhang mitsamt Stange herunterkrachen und blickte in das schmerzverzerrte Gesicht eines jungen Mannes. Dieses zog Grimassen, die Watson noch nie bei einem Menschen gesehen hatte. Die Augen quollen aus ihren Höhlen und waren blutunterlaufen. Unwillkürlich spannte Watson die Muskeln an und krallte sich fester in die Efeuranken. Er spürte, wie sich ihm das Fell sträubte. Auf der anderen Seite der Straße erspähte er eine Polizeikatze auf Streife. Sie trug eine der niedlichen Polizeimützen, über die er sich immer lustig zu machen pflegte. Die erniedrigende Verkleidung, die Menschen ihren Katzen zum Spaß überzogen, war inzwischen tatsächlich die offizielle Uniform der Katzenpolizei geworden.

Die Beamtin hatte von dem Lärm in der Villa offensichtlich keine Notiz genommen: Sie putzte sich gerade ausgiebig im Schritt. Watson ertrug den Anblick des verrenkten Menschen in der Wanne keine Sekunde länger. Von Panik erfasst, ließ er sich fallen, landete wohlbehalten auf allen vieren auf dem akkurat gestutzten Rasen und rannte los, geradewegs durch die Fontäne des Rasensprengers, vorbei an den antiken Statuen in den Rosenbeeten. In zwei Sätzen überwand er die Mauer und kam neben der Ordnungshüterin zum Stehen. Diese sah ihn verdutzt an, ein Hinterbein über ihrem Kopf.

*

Das Holz im Kachelofen knackte, und durch das Kaminglas konnte man Funken in die Höhe steigen sehen. Gemütlichkeit lag in der Luft. Die Schriftstellerin Agathe Christiansen saß mit zur Seite geneigtem Kopf in ihrem Ohrensessel und schlief. Sie hatte nach dem Aufwachen das Feuer neu entfacht und pflichtbewusst den Napf gefüllt, war dann aber wieder weggedöst. Das Manuskript, an dem sie versucht hatte zu arbeiten, war ihr vom Schoß geglitten, die Blätter hatten sich über die Eichendielen des Wohnzimmers verteilt.

Miez Marple lag in ihrem Korb und putzte sich. Sie hatte schon lange keinen Fall mehr gelöst. Nicht, dass es nicht genug zu tun gab. Im Gegenteil: Die Stadt war ein einziger Moloch, dessen Straßen nach Gesetzlosigkeit und saurer Milch stanken. Jedoch hatte die Polizei ihr mehr als deutlich gemacht, dass sie sich in Schwierigkeiten begab, sollte sie ihre Arbeit fortsetzen. Und da sie sich nicht länger mit korrupten Beamten herumschlagen wollte, hatte sie sich immer mehr zurückgezogen und sich letzten Endes für einen frühen Ruhestand entschieden. Sie entfernte das Detekteischild von ihrer Katzenklappe und ließ diesen kurzen, aber aufregenden Teil ihres Lebens hinter sich. Endlich konnte sie sich ihrer zweiten Leidenschaft – der Lyrik – zuwenden. Ein Hobby, das sie während ihrer aktiven Zeit sträflich vernachlässigt hatte. So saß sie nun in ihrem Korb, den warmen Kamin im Rücken, und schnurrte. Ein gelungener Vers war wie ein raffiniertes Verbrechen: grausam und emotional. Wahre Dichtkunst ließ Verstand und Sinne tanzen und führte einem die eigene Sterblichkeit vor Augen.

Bei jeder neuen Eingebung sprang Miez Marple zu Agathes Laptop, lief über die Tastatur und schrieb so Zeile um Zeile an ihrem Gedicht. Sie genoss dieses Vergnügen, für das sie nun nicht mehr stundenlang im Regen stehen musste, um irgendwelchen Kleinganoven auf die Tatzen zu schauen. Aktuell feilte sie an einem Paraklausithyron: einem Gedicht, welches traditionell vor einer verschlossenen Tür gesprochen wird und an eine Person gerichtet ist, die dem lyrischen Ich die Liebe versagt. Das bisher Geschriebene las sich so und machte ihr ausgesprochen gute Laune:

Warum lässt du mich nicht herein
Bin ich nicht flauschig? Bin ich nicht fein?
Ich schwör, ich hab die Vase nicht zerbrochen
kratz nicht am Sofa, echt, versprochen

Oh ich lieb dich
Oh ich lieb dich
so lange ich dich kenn
dich und dieses GEILE NEUE TEURE TROCKENFUTTER
VOM *DM*

Soeben hatte sie die vierte Zeile der zweiten Strophe vollendet, da hörte sie ein Geräusch. Mit einer flinken Bewegung ihrer Tatzen speicherte sie das Gedicht in einem versteckten Ordner auf Agathes Festplatte. Kaum war sie damit fertig, polterte auf einmal Kater Watson durch die Katzenklappe in das Zimmer. Sein Blick war gehetzt, Marple konnte ihm ansehen, dass etwas ganz und gar nicht schnurr war.
»Watson! Was ist passiert?«, fragte sie alarmiert.
»Es... Er... Tot. Tот!«
Darauf keuchte der zierliche schwarze Kater dreimal und brach dann zusammen. Miez Marple sprang vom Laptop herab und war im nächsten Moment bei ihrem Freund, der mit halb geöffnetem Maul dalag und nur flach atmete. Behutsam zog sie ihn in Richtung des Kamins. Dann putzte sie ihm das Fell. Es war nass und roch nach frisch gemähtem Gras. Sie untersuchte ihn auf Verletzungen, doch zu ihrer Erleichterung war er körperlich unversehrt, er musste nur wieder zu Kräften kommen. Miez Marple machte einen Satz auf

den Wohnzimmertisch und stieß dort ein Kännchen Milch um. Einige Spritzer benetzten den Boden direkt vor Watson, doch der regte sich nicht. Besorgt sah sie zu, wie sich das glatte Fell seiner Flanke hob und senkte.

Die beiden kannten sich seit Kätzchentagen. Sie hatten eine Weile gemeinsam im Tierheim Sonnenfroh gelebt. Watson, geboren in einem unbedeutenden Dorf im Umland, hatte zu diesem Zeitpunkt bereits ein Hauskaterleben hinter sich. Er war als winziges Kätzchen der Dorfidylle entrissen und zu Weihnachten an die Tochter eines Großindustriellen verschenkt worden, die ihn über alles liebte. Sie hieß Marie und war für menschliche Verhältnisse das gefühlvollste Geschöpf dieses Planeten. Ihre Streicheleinheiten beschrieb Watson als die Berührung einer höheren Wesenheit. Katzen, die in Vollzeit bei den Menschen lebten, galten als Risikofälle. Zwar war ihre Lebenserwartung höher als bei Freigängern, aber sie vereinsamten und wurden zu gesellschaftlich isolierten Kreaturen. In akademischen Kreisen hieß dieses Phänomen die Domestizierungsfalle. Die, die hineintapsten, fixierten sich immer mehr auf die Zweibeiner, bis sie kein Teil der felinen Gemeinschaft mehr waren. Gelegentlich sprach man auch etwas abfällig von den »Klappenlosen«, weil diese Hauskatzen keine Möglichkeit hatten, die Wohnungen der Menschen zu verlassen. Allerdings betraf dieses Phänomen auch Katzen, die zwar das Haus verlassen konnten, es aus Bequemlichkeit aber vorzogen, sich der Häuslichkeit hinzugeben. Bei Watson war das anders. Er hatte in der großen Penthousewohnung zwar keinen Freigang, aber genug Platz, um sich die Zeit zu vertreiben. Die große Dachterrasse ermöglichte es ihm, den Kontakt mit Artgenossen aufrechtzuerhalten. Er hatte bei Marie ein richtig gutes Leben. Die Stunden, in denen sie ihn mit Spiel und Leckereien bedachte, machten sein Glück perfekt. Doch es sollte nicht lange währen, denn das Menschenkind wurde von einer unheilbaren Katzenhaarallergie geplagt, und so brachte man das Katerchen nach wenigen Wochen und unter vielen Tränen ins Tierheim. Dort besuchte ihn Marie noch einige Male – immer so lange, bis ihre Augen ganz rot waren und ihr trockener Husten die anderen Katzen ganz nervös machte. Eines Tages kam sie dann nicht mehr, und das brach Watson das Herz.

Miez Marple erinnerte sich noch genau an den Tag, an dem sie ihn das erste Mal gesehen hatte. Er hatte zusammengerollt in einer Ecke gelegen, den Kopf schwermütig auf die Vorderpfoten gelegt. Watson war ein unterdurchschnittlich kleiner Kater, er hatte etwas Gebrechliches an sich. Wer ihn sah, wollte sich sofort um ihn kümmern. Seine bernsteinfarbenen Augen und sein vorsichtiger Gang verstärkten diesen Eindruck noch. Doch die vermeintliche Vorsicht war vielmehr Ausdruck seiner Bedachtsamkeit. Watson war ein scharfsinniger Logiker, der seine Umgebung mit einer fast schon beängstigenden Präzision wahrnahm. Setzte man ihn nur für fünf Sekunden in einen Raum, konnte er noch Tage später eine detaillierte Skizze des Grundrisses in die Tapete kratzen. Darüber hinaus las er wirklich alles, was ihm zwischen die Pfoten kam. Er lebte mittlerweile im Garten der Stadtteilbibliothek, unweit von Miez Marples Haus. Die Bibliotheksangestellten versorgten ihn gelegentlich mit Futter, schlugen aber, wenn er mal ein paar Tage oder Wochen nicht aufkreuzte, nicht gleich

Alarm. Er kam immer wieder zurück, um in den Werken der Weltliteratur zu stöbern. Als Miez Marple und Watson noch gemeinsam ermittelt hatten, war immer er es gewesen, der die entscheidenden Puzzleteile zusammenfügte. Seine zierliche Erscheinung hatte sich dabei als Vorteil erwiesen, da er von seiner Umwelt stets unterschätzt wurde. Dass er aber aus der Rolle des Analytikers fiel und die Nerven verlor, kam äußerst selten vor. Zuletzt hatte sie ihn so gesehen, als die Zustände im Tierheim Sonnenfroh eskaliert waren.

Die Katzendetektivin fixierte Watson mit sorgenvollem Blick, als er nach einer gefühlten Ewigkeit endlich die Augen öffnete. »Watson! Das wurde aber auch Zeit!« Sie gab ihm einen Moment, damit er ganz zu sich kommen konnte.

»Miez?«

Sie schleckte ihm über die Stirn. »Du hast mich ganz schön erschreckt! Siehst aus wie vom Staubsauger überfahren. Was ist passiert? Hat dich der Koch wieder beim Naschen erwischt?«

»Das, liebe Miez, ist bereits die zweite infame Unterstellung, die ich heute erdulden muss. Da kann ich gut drauf verzichten!«

»Bin ja schon still, bevor ich noch in ein weiteres Fressnäpfchen trete. Erklär mir einfach, wer oder was dir so zugesetzt hat.«

Watson richtete sich auf, leckte zwei Schluck Milch vom Boden und begann zu erzählen.

Das Feuer im Ofen war fast erloschen, als er seinen Bericht abschloss.

»Nachdem ich der Beamtin alle relevanten Informationen gegeben hatte, bin ich direkt zu dir. Das Gesicht dieses Menschen, Miez... Ich weiß nicht, ob ich jemals etwas so Entsetzliches gesehen habe.«

Miez Marple starrte in die Glut und schwieg. Im Hintergrund schnarchte leise Agathe Christiansen.

»Watson, mein Lieber, was dir passiert ist, ist furchtbar. Aber hatten wir uns nicht geeinigt? Hatten wir nicht gesagt, dass wir diesen gefährlichen Unfug sein lassen? Ich muss sagen: Seit ich aufgehört habe, bewaffnete Ratten, wahnsinnige Hunde oder aufgeschlitzte Katzen in mein Leben zu lassen, schlafe ich – Überraschung! – wesentlich besser.«

Watson setzte sich auf, fuhr sich ein paar Mal mit der Pfote übers Gesicht und sah sie nun mit schief gelegtem Kopf und aus klaren Augen an. »Meine gute Freundin. Du weißt, dass ich dich liebe wie eine Schwester. Uns verbindet ein Band, das auch die schärfste Kralle nicht zu trennen vermag. Ich bin dankbar für alles, was du für mich getan hast, und damit meine ich nicht nur die Sache im Sonnenfroh. Aber seit geraumer Zeit schleicht mir eine Frage durch den Kopf. Eines der härtesten Rätsel, dessen Lösung ich noch nicht ersann –«

»Alles, Watson, frag nur.«

»Nun gut, mit Verlaub: Was, zur gottverdammten Hundescheiße, ist eigentlich mit dir los?«

Miez Marple sah ihn schockiert an.

»Du weißt genau, was ich meine«, fauchte Watson. »Du warst immer die, die gesagt hat, wir müssen nach vorne schauen, diese Stadt zu einem Ort machen, an dem Hunde, Katzen und alle anderen leben können, ohne Angst zu haben, an der nächsten Ecke totgebissen zu werden oder unter die Räder zu kommen. Wir dürfen nicht aufgeben, hast du gesagt. Und jetzt? Jetzt sitzt du hier im rosaroten Wunderscheißland, leckst dir das Fell und schreibst Gedichte? Ich frage dich: Was ist passiert, Miez Marple?!«

Auch wenn sein Zusammenleben mit Marie nur von kurzer Dauer gewesen war, eines musste man dem Mädchen lassen: Sie hatte bei Watsons Erziehung wundervolle Arbeit geleistet. Seine Manieren und seine Ausdrucksweise erinnerten für gewöhnlich an die eines Britisch-Kurzhaar-Adligen. Nur in den seltenen Momenten, wenn er aufgeregt oder verängstigt war, brach die Sprache der Gosse, die im Hafenviertel gesprochen wurde, durch.

»Watson, aber ich *habe* nicht aufgegeben. Ich bin lediglich … mit meinen Kräften am Ende. Diese Stadt, sie ist wie ein Knäuel, mit dem du spielst, aus dem du einen Faden nach dem anderen herausziehst. Eben glaubst du noch, du kannst es entwirren, schon legt sich eine Schlinge um deinen Hals. Wenn du dann nicht loslässt, wirst du erwürgt. Denk nur an Kommissar Milky Way. Er sagt –«

»Wann hat dich jemals interessiert, was die Polizei sagt?«

Watson war nun etwas ruhiger. An Miez' leicht nach vorne gekippten Ohren konnte er erkennen, dass seine Worte die gewünschte Wirkung erzielten.

»Lass uns nicht streiten, mein Freund. Vielleicht hast du recht, und das alles hier …«, sie deutete auf die Porzellanfiguren in der Glasvitrine, die in Stoff gestickten Weisheiten an den Wänden und den übrigen Tand in Agathes Wohnung, »… ist reine Weltflucht. Aber ich brauche das eben, um nicht den Verstand zu verlieren. Ich habe bis zu dieser Sekunde nicht ein einziges Mal daran gedacht, noch einmal zum Baldrian zu greifen.«

»Und das solltest du auch weiterhin nicht tun«, sagte Watson streng. »Aber vielleicht hilfst du mir bei dieser einen Sache? Miez, ich brauche das Gefühl, etwas verändern zu können, und alleine schaffe ich es nicht. Noch nicht. Aber ich verspreche dir, wenn du danach aussteigen willst, dann werde ich dich nie wieder belästigen.«

Miez Marple lächelte ihn an. »In Ordnung. Aber nur, wenn du zu meiner nächsten Lesung kommst.«

»Das lässt sich sicher einrichten.« Watson schnurrte.

»Nun gut, dann fangen wir an. Was genau hast du gesehen?«

Es war, als legte sich ein Schalter um: Watson war sofort im Analysemodus. »Das meiste habe ich dir ja bereits erzählt. Aus meiner Position war mir eine Identifikation des Täters leider unmöglich.«

»Und das Opfer?« Miez Marple hatte ihren Schwanz aufgerichtet und ließ ihn aufgeregt von links nach rechts schwingen.

»Sein Gesicht kam mir bekannt vor, aber frag mich nicht, aus welchem Kontext.«

»Watson, irgendetwas muss dir doch aufgefallen sein! Denk scharf nach!«

»Doch, da ist etwas. Eine maritime Note. Sie erinnerte mich an einen zarten Windhauch vor der Küste New Englands.«

»Watson, du warst noch nie in New England!«

Pikiert warf der Kater den Kopf zur Seite. »Aber ich habe alle Werke des großen Literaten Hermann Miauville gelesen und maße mir aufgrund seiner hervorragenden Prosa eine gewisse Kenntnis –«

»Okay! Der Täter roch also nach Fisch. Was wissen wir noch?«

Doch bevor der kleine schwarze Kater antworten konnte, klapperte die Katzenklappe ein weiteres Mal. Zwei Polizeikater betraten den Raum. Der erste getigert und dünn, beinahe abgemagert. Sein Gesicht war kantig und hatte etwas Fieses an sich. Sein Kollege dagegen war breit gebaut, eine imposante Erscheinung mit struppigem Fell in Schildpattfärbung.

»Meine Herren. Ich muss doch wohl sehr bitten!«, rief Miez Marple leicht indigniert.

»Sorry, Schätzchen. Harry Blaze und Basti Blümchen – Morddezernat. Wir kommen, um den da zu holen«, fauchte der Magere und deutete mit einer Kopfbewegung in Richtung Watson.

»Mich? Wieso? Ich habe doch bereits umfassend ausgesagt!«

»Das klären wir auf der Wache. Kommen Sie freiwillig mit oder …« Er blickte in Richtung des massigen Blümchens, der sich nun zu seiner vollen Größe aufrichtete. Er schien so massiv, dass er es mühelos mit einer kleinen Dogge hätte aufnehmen können.

»Würden Sie mir zunächst die rechtlichen Grundlagen meiner Verhaftung erläutern?«

Blaze lachte verächtlich.

»Verhaftung? Wir haben nur ein paar Fragen an Sie, Watson. Sie sind doch der Watson, der heute Nacht um vier Uhr in der Felinenallee 34 erfasst wurde? Von einer Überwachungskamera?«

»Ja, aber –«

»Na, dann bin ich sicher, dass Sie uns helfen können. Kommen Sie!«

Sie führten den schmächtigen Kater ab, der sich noch einmal zu Miez Marple umsah. Sie nickte ihm grimmig zu. Sie wusste, was sie zu tun hatte. Gleich nachdem die Beamten mit Watson durch die Klappe verschwunden waren, machte sie sich ebenfalls auf den Weg.

Ein weiteres Mal musste die Lyrik warten, weil der Tod selbst gedichtet hatte.

ZWEI

Miez Marple passierte meterhohe Hecken und Zäune, an denen Schilder vor Wachdiensten und Hunden warnten. Schließlich erreichte sie Nummer 34. Das Tor stand weit offen. Natürlich. Die Spurensicherung war längst vor Ort. Flink erklomm Miez Marple die Stufen am Eingang, passierte einige marmorne Büsten in der Halle und gelangte schließlich, von ihrem Instinkt geleitet, an den Ort des Verbrechens im ersten Stock. Schnüffelnd huschten Katzen umher und untersuchten den Tatort. Niemand hier nahm Notiz von der berühmten Katzendetektivin, und in einem günstigen Moment schlich sie unter der Absperrung hindurch.

Der Anblick im Bad war in der Tat schrecklich: Teilweise verhüllt von einem heruntergerissenen Duschvorhang lag ein nackter junger Mann in einer mit Wasser gefüllten Wanne. Seine Glieder waren grotesk verdreht, sein Gesicht zu einer grausamen Fratze erstarrt. Nachdenklich betrachtete Miez Marple das Opfer. Viele Katzen hielten Menschen für sehr simple Geschöpfe. Dafür sprach natürlich ihre motorische Beschränktheit. Wer schon einmal einen Menschen beim Hinabsteigen einer Treppe beobachtet hatte, würde nie behaupten, es handele sich um eine besonders hoch entwickelte Lebensform. Aber im Hinblick auf ihr Sozialverhalten konnten auch Menschen durchaus komplexe Beziehungsgeflechte entwickeln. Ihre nonverbale Art zu kommunizieren oder die unverständlichen, manchmal minutenlangen Lautäußerungsketten, die sie von sich gaben, ließen eine gewisse Intelligenz vermuten. Manchmal glaubte sie sogar, dass Menschen sie verstehen konnten, doch für derlei Ideen wurde man in der Katzenwelt schnell als Esoterikerin belächelt.

Der Anblick zweier Kater, die einen Föhn in eine Beweismitteltüte steckten, riss Miez Marple aus ihren Gedanken. Schon wollte sie sich im nächsten Zimmer umschauen, als sie hinter sich eine vertraute Stimme vernahm.

»Ha! Miez Marple! Wieder am Herumschnüffeln! Hat man Ihnen nicht deutlich genug gesagt, dass Sie aufhören sollen, Ihr Näschen in Polizeiangelegenheiten zu stecken?«

Sie fuhr herum und setzte ihr süßestes Lächeln auf. Vor ihr stand ein rundlicher Kater mit buschigem rot-braunem Fell, das in alle Himmelsrichtungen abstand. Auf dem Kopf trug er eine Polizeimütze. Sein Gesicht hatte schon bei ihrer allererstens Begegnung vor fünf Jahren gewirkt, als hätte ihm jemand den Fressnapf geklaut. Da war er gerade mit nur zwei Jahren zum Leiter des Morddezernats aufgestiegen. Er war das, was man einen Überflieger nannte: jüngster Kater im Dienst, eine Verhaftungsrate von 90 Prozent und ein Ruf, der den Kleinganoven der Stadt das Fell struppig werden ließ. Kommissar Milky Way hatte sich für den Polizeidienst entschieden, weil er etwas verändern wollte. Ein Kater voller Ideale, der an die Gerechtigkeit glaubte. Doch die Jahre hatten ihn zum Zyniker werden lassen, der letztlich überzeugt war, dass es in der Welt nur zwei Arten von Katzen gab: die, die schuldig waren, und die, die er noch nicht erwischt hatte.

»Kommissar Milky Way, wie schön Sie zu sehen!«

»Kommen Sie mir nicht so. Sollten Sie nicht zu Hause sein und zwischen Spitzendeckchen und Rooibostee an Ihren Gedichten feilen?«

»Und selber? Man hört, Sie lassen Zeugen vernehmen, die bereits vollständig ausgesagt haben? Die halbe Polizei der Stadt wuselt hier herum, als wäre die verdammte Mäusegang wieder da, und dann treffe ich Sie höchstpersönlich am Tatort? Ich gehe davon aus, dass Sie ganz schön in der Patsche sitzen, Milky Way.«

Der Kommissar fauchte kurz, fing sich aber gleich wieder. Miez Marple war nicht der Feind. Vor Jahren hatte sie ihm den entscheidenden Hinweis im Fall des Wollknäuelräubers geliefert. Monatelang hatte ein diebischer Kater die reichsten Katzen der Stadt um ihre liebsten Knäuel gebracht. Erst Miez Marple war es gelungen, dem Dieb eine Falle zu stellen und ihm mithilfe eines präparierten roten Knäuels zu folgen. Der Fall war von der *Bellt-Zeitung* als »Eine Fluse in Scharlachrot« betitelt worden und hatte für Milky Way den Start seiner Karriere eingeläutet. Sie hatte etwas gut bei ihm – das wusste sie genauso gut wie er. Er schnaubte, dass seine Schnurrhaare nur so zitterten.

»Nun gut, Sie haben zehn Minuten. Die Menschenpolizei wird sicher noch brauchen, aber die Presse kann jeden Moment hier sein, und Sie ahnen vielleicht, wie nervös mich das macht.«

»Presse?«

»Ja, was glauben Sie denn, um wen es sich bei dem Opfer handelt? Das ist der Berufs-YouTuber Schnurrjenko, bürgerlich: Julian Maier. Hat sein Geld mit Videos im Internet gemacht. Und, heiliger Fressnapf, nicht gerade wenig.«

»Videos? So wie diese Katze, die immer grimmig guckt?«

»Genau!«

»So wie die Katze, die auf einem Staubsaugerroboter reitet?«

»Aber ja.«

»So wie die Katze, die Fernsehen guckt und sich dann dramatisch umsieht und zur Seite schaut?«

»Miez, Sie haben es begriffen!«

»So wie die Katze, die versucht von einem Dach auf das andere zu springen und es dann nicht schafft?«

»Ich nehme es an. Außerdem –«

»So wie die Katze, die versucht von einem Dach auf das andere zu springen und es dann nicht schafft – mit der Zeile ›Hello darkness my old friend‹ aus *The Sound of Silence* von Simon & Garfunkel unterlegt?«

»JA, VERDAMMT, jetzt hören Sie mir doch EIN MAL zu!«

»Oh, Verzeihung, ich bin eben gerne im Internet!«

»Ich persönlich finde das ja widerlich, mit so was sein Geld zu verdienen, aber ich bin auch nicht hier, um zu urteilen. Das war jedenfalls kein Selbstmord. Auf dem Föhn haben wir Tatzenabdrücke gefunden. Ich meine: Jeder von uns hat in seinem Leben aus Neugierde schon einmal eine Vase, ein iPad oder ein Baby von irgendwo heruntergeworfen – aber einen Föhn? Noch dazu in eine Badewanne? Was soll eine

Katze überhaupt so nah am Wasser gemacht haben? Es war Mord. So viel ist sicher.«

»Und die Abdrücke? Zu wem gehören sie?«

»Wüsste ich auch gern. Da muss das Labor ran. Bis die sich melden, tapsen wir weiter im Dunkeln.«

Miez Marple gurrte vergnügt. Grausame Tode und komplizierte Fälle waren ihr Spezialgebiet. Gerade fühlte sie sich quicklebendig, zwang sich jedoch zu einer ernsten Miene, als sie den Blick des Kommissars auf sich spürte.

»Was können Sie mir sonst noch über den Fall erzählen, Milky Way?«

»Na ja, Maier war der Produzent von Florian Silberschweif, doch dessen Zimmer ist seit Tagen unberührt, der Kratzbaum eingestaubt. Mein Team hat in der Nachbarschaft einige Zettel gefunden, auf denen privat nach ihm gefahndet wird. Warten Sie, ich habe einen da.«

Er entfaltete das Papier. Dort stand unter einem Pressefoto des Schlagerkaters:

HABEN SIE DIESEN KATER GESEHEN?

Ich vermisse meinen kleinen Silberschweif. Er ist heute, Mittwoch, dem 12. Oktober, einfach nicht nach Hause gekommen, obwohl er jeden Mittwoch seine geliebte Fellkur hat. Er hat braunes Fell mit einem silbrigen Streifen am Rücken. Er ist SEHR talentiert. Man kennt ihn aus dem Internet von Videos wie »Cat sings Game of Thrones Theme OMG LOL«. Vielleicht haben Kinder ihn erkannt und mitgenommen? Vielleicht ist aber auch ein fieser Katzenhasser unterwegs. Ich mache mir ernsthaft Sorgen. Bei Hinweisen melden Sie sich bitte bei catinconcert@schnurrjenko.com oder rufen Sie auf der unten angegebenen Nummer an. Es winkt eine Belohnung!

»Hm, interessant«, bemerkte Miez Marple. »Dieser Zettel ist bereits vier Tage alt.«

»Silberschweif verschwindet spurlos, und vier Tage später stirbt Schnurrjenko. Das stinkt für mich gewaltig!«

»Sie halten Silberschweif für den Täter?«

»Nur weil er verschwunden ist, ist er noch längst nicht aus dem Schneider. Vielleicht gab es geschäftliche Uneinigkeiten? Sie wissen doch, wie plötzlicher Ruhm den Charakter verändern kann.«

Davon konnte die berühmte Katzendetektivin tatsächlich ein Lied singen. Sie begann, ihren Schwanz zu jagen. Das machte sie immer, wenn sie nachdenken musste. Kreise auf dem Badvorleger ziehend ging sie die Ereignisse der Reihe nach durch:

- Silberschweif bestellt Drogen bei einem Online-Versand.
- Wenige Tage vor der Veröffentlichung seines heiß erwarteten Musikvideos zu seinem Hit *Mit einer Katze nach Paris* verschwindet er spurlos.
- Daraufhin wird sein Produzent ermordet.

Das ergab alles keinen Sinn. Einen solchen Skandal konnte sich selbst ein Star wie Silberschweif nicht leisten. Miez Marple rannte im Kreis. Sie rannte und rannte, bis ihre Gedanken es ihr gleichtaten. Es musste eine Erklärung für das

Ganze geben. Vielleicht hatte sie noch nicht alle Teile des Puzzles entdeckt.

»Haben Sie im Rest des Hauses Hinweise gefunden?«, fragte sie atemlos und ohne anzuhalten.

»Hinweise?«

»Ja, *Hinweise*. Sie wissen schon: E-Mails, Einbruchspuren, eine zweite Leiche, die aufgehängt an einem Ventilator kreist –«

»Fragen Sie mich was Leichteres! Haben Sie sich hier mal umgesehen? Das Haus ist größer als Magret Scratchers Ferienvilla. Und unser Zeuge hier«, er deutete auf Schnurrjenkos Leiche, »ist leider nicht sehr gesprächig.«

Miez Marple bremste abrupt ab und sah sich um. Der Raum war ziemlich dekadent eingerichtet. Schwarzer Marmor und Armaturen aus eierschalenfarbenem Porzellan. Auf der Seite des Waschbeckens hing ein deckenhoher Spiegel, vor dem sich der Kommissar gerade für seinen Pressetermin zurechtmachte. Die Wanne stand auf vier goldenen Pfoten. Am Kopfende befand sich ein kleines verziertes Schränkchen, darüber eine Steckdose. Dort musste der Föhn gelegen haben. Sie hatte diesen entsetzlich lauten Geräten, mit denen sich die Menschen das Wasser aus dem Haar brüllten, schon immer misstraut. Als sie sich dem Schränkchen näherte, kroch ihr ein Geruch in die Nase. Salzig, ein wenig fischig – genau wie Watson es beschrieben hatte. Sie blickte zum Fenster. Von hier hatte Watson den Mord beobachtet. Das Licht des Vormittags malte goldene Linien auf die Wasserlache, die den dunklen Marmorboden benetzte. Sie sprang aufs Fensterbrett: Draußen ging es gut sechs Meter nach unten. Sie pfiff beeindruckt, als sie daran dachte, dass ihr Freund sich aus dieser Höhe hatte fallen lassen. Dann nahm sie jeden Winkel des Raumes unter die Lupe: Sie kletterte auf den Schrank, sah unter dem Waschbecken nach und leckte kurz am Badvorleger. Doch sie fand – nichts. Plötzlich hörte sie von draußen ein Geräusch. Vom Fenster aus beobachtete sie, wie zwei Dackel an das Gartentor traten. Das musste die von Milky Way angekündigte Presse sein.

»Kommissar? Ich würde mich jetzt gerne im restlichen Teil des Hauses umsehen.«

»Unmöglich! Die Kolleginnen und Kollegen sind da längst noch nicht fertig. Und da Sie hier offenbar keine Leiche am Ventilator gefunden haben, gehe ich davon aus, dass wir unsere Arbeit recht gründlich machen. Wenn Sie helfen wollen, gehen Sie nach Hause und melden sich morgen noch mal bei mir. Vielleicht habe ich dann was für Sie.«

Das Gesicht des Kommissars war so mürrisch, wie es flauschig war. Miez Marple wusste, dass er augenblicklich nicht zu Scherzen aufgelegt war. Sie verabschiedete sich: »Man sieht sich, Kommissar. Machen Sie eine hübsche Miene für die Zeitung.« Behutsam mit dem Schwanz wedelnd glitt sie zur Tür hinaus, lächelte Milky Way im Vorbeischreiten freundlich an und erntete einen grimmigen Blick. Im Zickzack sprang sie die Treppe hinab.

Als sie im Erdgeschoss angekommen war, sah sie nach oben: Niemand war ihr gefolgt. Auf leisen Pfoten huschte die Detektivin unter der Absperrung hindurch, die den Wohnbereich im Erdgeschoss abtrennte. Sie bog nach links und gelangte in einen Flur, an dessen Ende sie zwei patrouillierende

Polizeikatzen erspähte. Kommissar Milky Way würde sie hier nicht antreffen, denn der würde die nächste halbe Stunde damit beschäftigt sein, die Presse mit unverfänglichen Antworten abzuspeisen. Sie wollte nur einen schnellen Blick in das Studio werfen, von dem Watson erzählt hatte.

Miez Marple versteckte sich hinter dem Sockel einer Jadestatue. Die Beamtinnen standen nun vor einer geschlossenen Tür und unterhielten sich gedämpft, sodass sie sie nicht verstehen konnte. Über der Tür hing ein Leuchtschild mit der Aufschrift »Aufnahme«. Sie überlegte gerade, wie sie an den beiden vorbeischleichen oder sie zumindest ablenken konnte, da trat plötzlich ein getigerter Kater aus der Tür. Er trug eine flache schwarze Box im Maul. Die beiden Beamtinnen drehten erst ihre Ohren und dann sich selbst zu dem Kater.

»Was machen Sie denn da? Wenn Sie die Beweise schon ansabbern müssen, dann tüten Sie sie gefälligst vorher ein!«, fuhr die eine ihn unfreundlich an.

»Moment mal«, sagte die zweite Beamtin. »Wer sind Sie überhaupt? Wie lautet Ihre Dienstnummer?«

In diesem Moment rannte der augenscheinliche Forensiker los.

»Halt! Stehen bleiben!«, fauchten die Polizeikatzen im Chor.

Doch der Kater sprintete schon in atemberaubendem Tempo den Gang entlang. Ehe Miez Marple reagieren konnte, war er an ihr vorbeigeschossen. Doch was war das? Dieser Geruch? New England. Sofort stellten sich ihr die Schnurrhaare auf. Wenn sie etwas noch lieber mochte als Lyrik oder grausame Tode, dann war es *Jagen*. Blitzschnell, als hätte jemand eine Tüte Snacks geöffnet, nahm sie die Verfolgung auf. Der

Verdächtige passierte bereits die Eingangstür, wo Kommissar Milky Way zwei nach News hechelnden Reporterinnen Rede und Antwort stand.

»Milky Way! Halten Sie ihn auf!«, rief die Detektivin, doch vergebens. Der flüchtende Kater sprang aus vollem Lauf über Reporterinnen und Kommissar hinweg. Miez Marple tat es ihm gleich und segelte wie ein sehr kuscheliger Blitz hinterher. Unter sich hörte sie das aufgeregte Klicken von Kameras, doch der Dieb war schon um die Ecke. Sie sah noch, wie der Kommissar ein Haarbüschel hervorwürgte und es auf den Boden spuckte. Darauf stieß er einen Fluch aus, mit dem er die Stadt, seinen Beruf und das Leben an sich verdammte.

Miez Marple hatte sich an die Hinterpfoten des flüchtenden Katers geheftet. Die Welt verwischte in Kaskaden aus Grün, Grau und Gold. Über Serpentinen ging es hinab in Richtung Innenstadt. Sie touchierte einen schwerfälligen Berner Sennenhund, der ihr verständnislos nachsah. Ein Radfahrer musste scharf abbremsen, doch sie wich seinen Schimpfkaskaden elegant aus. Ein Bahnübergang. Ein Schwall Menschen wurde unter Türenzischen aus einer Straßenbahn auf das Trottoir gespült. Der Dieb nutzte die Gelegenheit, um in der Menge unterzutauchen. Ein Gewirr aus Beinen, Taschen und schreienden Kindern. Jemand trat nach ihr. Sie spürte einen Lufthauch am linken Ohr, musste blinzeln. Auf einmal war der flüchtende Kater in der Masse der Zweibeiner verschwunden. Keine Zeit nachzudenken – sie musste ihrem Instinkt vertrauen. Weiter! Nach links! Plötzlich mischte sich erneut eine leichte Note von Algen und Salzwasser in den

Smog. Nach ein paar Metern gelangte die Detektivin auf eine Hauptstraße. Der Feierabendverkehr donnerte über sie hinweg. Tonnenschwere Lkws verfehlten sie mit ihren massiven Reifen nur um Haaresbreite. Aufmerksam scannte Miez Marple die Umgebung. Nichts. Aus dem Augenwinkel nahm sie eine Bewegung auf der anderen Straßenseite wahr. Sie huschte unter einem Bus hindurch, rettete sich auf die andere Seite und bog in eine Seitengasse ein. Das musste er gewesen sein! Sie blieb stehen. Eine Sackgasse. Rechts und links ragten Mauern in die Höhe. Über allem schwebte der Geruch nach fettigem Essen und gärendem Abfall, der in schwarzen Säcken neben einem Hauseingang lagerte. Etwas raschelte. Sie wirbelte herum und sah in zwei weit aufgerissene gelbe Augen, die ihr erschrocken entgegenstarrten und sofort hinter einem der Säcke verschwanden. Miez Marple ging kurz in Lauerstellung, wackelte mit dem Schwanz und sprang – mit ausgefahrenen Krallen. Es folgte ein Fauchen, ein Scheppern, im nächsten Moment lag sie rücklings auf einem zerschlitzten Müllsack, aus dem etwas Warmes in ihr Fell sickerte. Sie sah noch, wie der Kater die rostige Feuerleiter am Wohnhaus hinaufkletterte und auf dem Dach verschwand.

Miez Marple war hartnäckig, aber sie wusste, wenn sie verloren hatte. Sie leckte sich das vergammelte Chicken Tikka Masala aus dem Fell und trottete mit hängendem Kopf zurück zur Hauptstraße. Vor dem flackernden Neonschild *Pizza Manhattan – Indisch und Schnitzel* hielt sie kurz inne. Sie fühlte sich elend. Mit eingezogenem Schwanz trat sie den Heimweg an.

DREI

Seine Lunge brannte, sein Atem pfiff, doch er lief immer weiter. Zielsicher führten ihn seine Tatzen über die Dächer der Stadt. Er riskierte einen Blick nach unten, wo die Straßenbeleuchtung bereits mit der hereinbrechenden Dämmerung kämpfte. Auf der Hauptverkehrsader hatte sich ein hupendes Heer aus rot leuchtenden Augen formiert. Als er das Hafenviertel erreichte, wechselte er von den Dächern zurück auf die Straße. Er war sich sicher, dass er seine schwarz-weiß gescheckte Verfolgerin abgehängt hatte. Kurz hielt er inne, ließ die Festplatte vor sich fallen, um sie zu untersuchen. Als er sah, dass sie nur ein paar Kratzer abbekommen hatte, schnaufte er erleichtert durch. Er hatte es tatsächlich geschafft. Zufrieden tänzelte er über den Bordstein. Sein Schritt verlangsamte sich, als am Ende der Straße die Silhouette einer Lagerhalle auftauchte, wo *sie* sicher schon warten würde. Mit einem Seufzer lief er darauf zu. Er würde das Ding abliefern und dann möglichst schnell verschwinden. Onkel Katzino hatte ihn schon des Öfteren mit seltsamen Gestalten zusammengebracht, aber diese graue Katzenlady war ein ganz neues Level. Sie war ihm schlicht nicht geheuer. Selbst Charcoal

Ramses, der übergeschnappte Kunsträuber, hatte ihm nicht ansatzweise den Schwanz so buschig werden lassen. Er kroch durch das Gebüsch und zwängte sich durch die Lücke im Maschendrahtgeflecht. Das Grundstück war komplett verwahrlost. Der ehemalige Parkplatz war nur noch eine von Rissen durchzogene Ebene mit Plastiktaschen, die in Dornenbüschen flatterten. Je näher er den rostzerfressenen Eisentüren der Halle kam, desto durchdringender wurde der Geruch nach Altöl. Auf einer der zerschossenen Straßenlaternen saßen zwei Möwen und kreischten sich an:

»Du widerliches Miststück! Ich hoffe, du erstickst daraaaan!«

»Reg dich nicht auf. Das war ein Muffin!«

»Aber es war MEIN Muffin, ich habe ihn zuerst gesehen!«

»Also, ich hau ab ...«

»JA, verschwinde, du fliegender Kadaver von einem Betrüüüüüger! Wenn ich dich noch einmal sehe, bist du tooot! Ich pisse in dein Nest! Hörst du? ICH. PISSE. IN. DEIN. NEST.«

Er achtete nicht weiter auf die gefiederten Gauner und betrat die Halle. Das Geschrei von draußen erstarb, und plötzlich war da nur der Wind, der durch den zerstörten Dachstuhl pfiff. Nervös sah er sich um. Im hinteren Teil standen unter eingestaubten Planen einige alte Maschinen. Konnte er seine Beute nicht einfach irgendwo ablegen? Die Mäuse bekam er doch ohnehin von seinem Onkel. Die Sache hier wurde ihm langsam zu heikel. Natürlich hatte er keine Angst. Wieso auch? Nein, ihm war lediglich etwas *unwohl* mit der ganzen Geschichte. In der Ecke regte sich ein Schatten.

Er maunzte, ohne die Festplatte fallen zu lassen.

Nichts.

Er machte ein paar Schritte auf die Dunkelheit zu und spannte dabei unwillkürlich die Muskeln an. Nein. Er hatte keine Angst. Wirklich nicht. Alles war gut. Er würde hier einfach in Wildkatzenmanier liefern und dann abhauen… Erschrocken miaute er auf, als er hinter sich eine Stimme vernahm:

»Tigerchen! Na endlich.«

Er wirbelte herum. Hinter ihm, auf einer der abgedeckten Maschinen, stand *sie*. Ihr kurzes graues Fell schimmerte unter dem einfallenden Licht der Abendsonne. Sie strahlte Stärke aus. Und obwohl ihre Stimme kuscheldeckensanft klang, war da etwas, das ihn in blanke Panik versetzte. Sie sah ihn aus leuchtend gelben Augen an.

»Das Lagerhaus ist perfekt!«, sagte sie. »Sag deinem Onkel, ich nehme es. Und nun zeig, was du mir gebracht hast.«

Folgsam legte er die Festplatte auf den Boden vor der Maschine ab. Dabei beugte er sich so tief vornüber, dass er spüren konnte, wie Metallspäne ihn in den Bauch piksten. Seine Auftraggeberin schurrte auf.

»Wunderbar! Tigerchen, ich danke dir.«

Sie machte einen Satz und landete direkt vor ihm. Staub wirbelte auf und brachte ihn zum Niesen.

»Das hier«, sagte die Graue und deutete auf die Festplatte, »ist das größte, wichtigste, wenn nicht gar eindrucksvollste Dokument unserer Zeitgeschichte!«

»Hä?«, unterbrach er sie. »Es geht doch um das Video von meinem Onkel, oder?«

Belustigt schnurrte die Katze auf.

»Natürlich wollen wir dieses unsägliche Video von Don Katzino verschwinden lassen. Aber es geht um mehr, Tigerchen. Um *viel* mehr als – verzeih die Formulierung – die fragilen Egos einiger alter Kater. Weißt du, was außerdem auf dieser Festplatte ist?«

»Ähm, ich denke, noch ein paar andere Videos?«

»Ein paar? Wir sprechen hier von 1500 Stunden unveröffentlichtem Filmmaterial. Videos von Katzen, die sich blamieren, erschrecken oder sogar schwer verletzen. Das hier ist eine Schande. Eine Schmach für jede Katze und jeden Kater. Und es symbolisiert alles, was in unserer Welt falsch läuft.«

Er wich einen Schritt zurück und duckte sich unter dem aufflammenden Zorn der grauen Katzenlady, deren Stimme nun die ganze Halle zu erfüllen schien.

»Die Menschen haben uns lange genug wie ihr Eigentum behandelt. Denk an die ganzen armen Katzen und Kater, die an den Napf gefesselt sind und jeden Tag darauf warten müssen, dass ihnen jemand diese infantile Fertignahrung vorsetzt. Wir Katzen müssen aufwachen und uns zusammenschließen. Schluss mit den Videos! Schluss mit den absurd kleinen Snackportionen! Schluss mit den lächerlichen Spielzeugen! Wenn ich spielen will, hole ich mir einen anständigen Karton! Wenn ich fressen will, dann jage ich! Wir werden kämpfen, Tigerchen. Pfote an Pfote. Schnurrhaar an Schnurrhaar. Wir...«

Sie hielt inne.

»Eine Sache wäre da noch, Tigerchen.«

Sie sprach nun wieder mit schmeichelnder, leiser Stimme und sah ihn mitleidig an, während sie unaufhaltsam näher kam.

»Bitte zeig mir deine Pfoten.«

Zögerlich hielt er ihr die Vorderpfoten hin.

»Mit welcher hast du es getan?«

»W… Was getan?«

»Na welche dieser samtigen Pfoten hat uns von diesem abscheulichen YouTuber befreit, mein heldenhaftes Tigerchen?«

»Ach so! Ich bin Rechtspföter, wenn Sie das meinen, also…«

In diesem Moment begannen die Augen der Katze zu leuchten. Aber es war kein einfaches Aufblitzen der Spiegelschicht. Er spürte plötzlich eine unerträgliche Hitze. Er versuchte noch wegzulaufen, doch augenblicklich nagelten ihn ihre Tatzen auf den Boden. Ihre Augen waren nur noch zwei helle rote Kugeln.

»Das tut jetzt vielleicht kurz weh.«

Über dem Hafenviertel lag nun vollkommene Dunkelheit. Wasser plätscherte leise an die Mauern der Piers. Der Verkehrslärm der Rushhour hatte bereits abgenommen. Und aus einem Lagerhaus stieg ein markerschütternder Schrei in die Schwärze der Nacht.

*

Miez Marple schlang die Dose Thunfisch herunter, doch alles schmeckte nach Masala. Agathe Christiansen schien sichtlich besorgt, als sie ihren geliebten Stubentiger mit von Schlammspritzern und rußigen Flecken übersätem Fell und wackeligen Beinen durch die Katzenklappe hereinschleichen sah. Sogleich hatte Agathe ihr zusätzlich frisches Wasser neben den gut gefüllten Napf gestellt, und jetzt kraulte sie ihr sogar den

Kopf. Miez Marple schnurrte zufrieden – eins der wenigen kommunikativen Mittel, die Agathe zu verstehen schien.

Wie sie die zärtlichen Berührungen der fellfreien Finger genoss! Oh, wie viel Glück sie doch mit Agathe hatte! Die Autorin bot ihr durch regelmäßige Mahlzeiten den Lebensstandard, den sie brauchte, ließ ihr aber auch genug Freiheiten. Selbst wenn Miez Marple in der Vergangenheit für ein paar Tage verschwunden war, um Verdächtige zu observieren, veranstaltete Agathe nicht sofort so eine peinliche Fahndungsaktion wie dieser YouTuber wegen Florian Silberschweif. Wahrscheinlich war dem berühmten Schlagerkater einfach langweilig geworden. Er hatte für seinen Produzenten so viel Geld erwirtschaftet, dass beide ein unverhältnismäßig großspuriges Leben führen konnten. Wenn Katzen zu lange bei Menschen lebten, wurden sie einfältig und behäbig. Das war allgemein bekannt. Vielleicht hatte er einfach den Drang verspürt, mal wieder außerhalb seines goldenen Käfigs auf die Pirsch zu gehen. Andererseits bestand da laut Kater Watson diese Verbindung zu diesem ominösen Online-Versand …

Plötzlich fiel ihr auf, dass die Streicheleinheit schon viel zu lange dauerte. Schnell haute sie mit ausgefahrenen Krallen nach der Hand. Das war zwar überzogen, aber selbst für Agathe verständlich.

Nach der Mahlzeit putzte sich Miez Marple gründlich, bis das Weiß ihres Fells wieder mit den Küchenfliesen um die Wette strahlte. Mit letzter Kraft sprang sie zu Agathe auf den Schoß, wo sie unter den gleichmäßigen Streichelbewegungen der Autorin sogleich einschlief.

Ihre Träume waren wirr. Sie träumte von Bruder Ratched. Vom Tierheim Sonnenfroh. Von kalten weißen Wänden und den Schreien der Katzen, die in den anderen Gebäudetrakt gebracht wurden. Sie sah das Feuer, das alles verschlang. Sie erkannte ihre Freundin Lissy, die ihre Pfoten nach Miez ausstreckte, bevor sie im Rauch und in den Flammen verschwand.

Hechelnd wachte sie auf. Die einzige Lichtquelle im Raum war der Laptop, der noch auf dem Couchtisch stand. Die Krimiautorin schnarchte leise. Sie war offenbar eingeschlafen, während sie sich lustige Videos im Internet angesehen hatte, anstatt an ihrem Roman zu schreiben. Die Katzendetektivin schüttelte sich. Dann sah sie sich Agathes YouTube-Playlist an und war auf einen Schlag hellwach: Neben »Bird learns how life works« und »Turkish man yelling ›meow‹ at an egg« wurde auch ein Video von Florian Silberschweif vorgeschlagen. Das Musikvideo zu »Verdammt ich miez dich« gehörte mit 4 Millionen Klicks zu den größten Erfolgen Silberschweifs. Es war ein Zusammenschnitt aus mehreren Aufnahmen, die zeigten, wie Silberschweif von einer Mülltonne zur nächsten hüpfte und dabei melodramatisch in die Kamera sang. Regen lief ihm durch das gestriegelte Fell. Der Text war simpel:

Verdammt ich miez dich,
ich miez dich nicht,
verdammt ich miau dich,
ich miau dich nicht,
verdammt jetzt streichel mich,
verdammt jetzt streichel mich nicht,
jetzt will ich lieber Snacks

Trotz seiner Schlichtheit war den Versen ein gewisses handwerkliches Können nicht abzusprechen. Miez Marple hielt grundsätzlich nicht viel von der Trennung in Hoch- und Popkultur, fragte sich aber natürlich, warum Kater wie Silberschweif Millionen verdienten, während ihr Gedichtzyklus »Behemoth – Im Schoß des Pilatus« auf ihrem Blog weniger als hundert Aufrufe hatte. Zumal jedes Kätzchen wusste, dass Menschen, die Silberschweif-Videos anklickten, nicht einmal den Text verstanden, sondern nur einen Kater sahen, der albern miauend herumhüpfte.

Miez Marple konnte nicht anders, sie klickte sich weiter durch das Silberschweif'sche Gesamtwerk und landete schließlich bei Talkshowausschnitten mit Larry dem Leguan. In seiner Sendung interviewte dieses aalglatte Reptil Stargäste in seinem Garten. In dem Video »Cat surprise reaction to Green Iguana« fragte Larry den Schlagerkater nach seinem Aufenthalt in der Rehaklinik, woraufhin Silberschweif empört über den Rasen sprang und ihn beschimpfte. Larry kommentierte dies immer wieder mit »Hochinteressant! Hochinteressant!«.

Da Miez Marple nicht wieder einschlafen konnte, geriet sie in einen Strudel aus Videos, Artikeln und Posts. Von Link zu Link klickte sich die Katzendetektivin durch das Web, recherchierte zu Schlagermusik, Online-Drogenshops und zur Rechtslage bei polizeilichen Verhören. Am Ende bestellte sie noch schnell auf Agathes Namen eine belanglose kleine Überraschung, von der sie hoffte, dass sie in einem großen Karton geliefert würde. Erst bei der Lektüre eines Wikipetia-Artikels über Katzenserienmörder fielen ihr erneut die Augen zu, und schnurrend fand sie ihren wohlverdienten Schlaf.

VIER

Widerwillig öffnete die Katzendetektivin ihre Augen. Vor ihrem Fenster herrschte ein entsetzlicher Lärm.

»Hahahaha ich liebe Körner!«

»... schaut mal, was in der Tatzengasse los ist lol.«

»Ich bin einsam.«

Sie konnte Vögel nicht ausstehen. Von Frühjahr bis Winter veranstalteten sie morgens ein Geschrei, das allen auf die Nerven ging. Sie saßen auf Dächern, Stromleitungen und Straßenlaternen und posaunten ungefragt ihre Meinung heraus. Ein elitärer Haufen von schnatternden Satirikerinnen, die sich über alles und jeden lustig machten. Manchmal fielen sie in Schwärmen über einzelne Persönlichkeiten her, weil diese es wagten, *irgendetwas* zu sagen. Und selbst die, denen eigentlich das Wohl der Stadt am Herzen lag, zerfetzten sich buchstäblich in der Luft, wenn sie sich in einem Punkt uneinig waren. So war es im letzten Jahr zu einem großen Massaker zwischen Meisen und Gimpeln gekommen, weil die einen die Herrschaft der Katzenpolizei mit Klauen, die anderen mit Schnäbeln bekämpfen wollten. Dazu kamen die aufgeplusterten Journalisten, die großkotzig auf ihre eigenen Artikel hinwiesen.

»Eilmeldung: Wissenschaftlerin Fluffy Schrödinger spurlos verschwunden!«, rief ein Sperber.

»Silberschweif-Video-Release verschoben – tausende Fans enttäuscht«, verkündete eine Drossel.

»Sind die Ratten schuld? – Meisenknödelknappheit wird zum Problem«, tat eine Meise betroffen kund.

Und eine Bachstelze mit besonders aufdringlichem Stimmtimbre krakeelte: »Der Winter steht bevor! Die 10 wirklich besten Routen für Langstreckenzieher.«

Die Menschen ließen sich von dem Lärm nicht stören. Einige schienen es geradezu zu genießen, wenn sich allmorgendlich mehrere Dutzend aufgeregte Wichtigtuer gegenseitig überschrien.

Miez Marple streckte sich und wollte gerade zu ihrem Napf schlendern, als ein besonders dreistes Rotkehlchen auf dem Fensterbrett landete und rief: »*Bellt-Zeitung* meldet: Miez Marple ist zurück! Katzendetektivin ermittelt wieder.«

Frech sah es in Miez Marples Richtung, als hinter ihm das Antwortgezwitscher losbrach:

»Eine Katze? Das kann ja nichts werden!«

»Wer soll das denn sein?«

»Schreibt die nicht diese entsetzlichen Gedichte?«

In solchen Momenten bedauerte Miez Marple zutiefst, dass sie den Verzehr von Vogelfleisch ihrer Verdauung zuliebe schon vor Jahren hatte aufgeben müssen. Mit einem Fauchen scheuchte sie die gefiederte Nervensäge weg vom Fenster.

»Völlig kritikunfähig! Mit so einer sollte die Polizei nicht zusammenarbeiten!«, zwitscherte das vorlaute Rotkehlchen aus sicherer Entfernung und erntete sogleich tosenden Beifall von einem zufällig vorbeifliegenden Spatzenschwarm. Doch Miez Marple hatte für derart belangloses Gezwitscher weder Zeit noch Geduld. Die einzige Frage, die sie wirklich interessierte: Wo blieb Watson? Tief in ihrem Innern beschlich sie ein grausamer Verdacht.

Das Hauptquartier der Katzenpolizei befand sich in einer ehemaligen Tierhandlung, deren Schaufenster mit Brettern vernagelt waren. Vor der Tür erkannte Miez Marple Blaze und Blümchen, die gerade einen Marder verprügelten. Unauffällig schlich sie sich an dem Gerangel vorbei und huschte durch die Eingangstür. Früher hatte es solche polizeilichen Übergriffe nicht gegeben. Oder sie hatte sie nicht sehen wollen. Womöglich lag Watson gar nicht so falsch: Die Stadt war dabei, vor die Hunde zu gehen.

Auf dem Empfangstresen saß eine missmutige Burmakatze und kaute gelangweilt an ihren Klauen.

»Hallo, ich würde gerne jemanden hier abholen«, sagte Miez Marple freundlich.

Nichts geschah. Weder veränderte die Polizistin ihre Position, noch ließ sie sich bei ihrem Reinigungsritual aus der Ruhe bringen. Aus den hinteren Räumen war kläglisches Miauen zu hören, auch Winseln und Laute, die keiner Tiergattung zuzuordnen waren.

»Hallo?«, wiederholte die Katzendetektivin.

Die Burmakatze rollte mit den gelben Augen: »Was?!«

»Ich bin hier, um einen Freund abzuholen!«

»Ha!«, die Lache der Beamtin klang kratzig und heiser. »Der ist gut. Brauchen Sie sonst noch etwas? Ich könnte

Ihnen etwas Wildlachs bringen lassen oder Stellen massieren, an die man selbst nur schwer herankommt, wenn Sie verstehen, was ich meine.«

»Er heißt Watson. Herbert Louis Jeremia Korbinian Watson. Ein schwarzer Kater. Er sollte gestern hier verhört werden.«

»Oh, Schätzchen, Sie meinen das ernst?« Die Burmakatze sah Miez Marple erst verwundert und dann voller Mitleid an. »Tut mir leid. Hier hat einfach schon so lange niemand mehr irgendwen abgeholt, und schon gar keinen Freund! Warten Sie kurz.« Mit diesen Worten verschwand sie durch eine Tür.

Die Detektivin betrachtete die Käfige an der Wand hinter dem Tresen. Sie waren mit schwarzem Stoff abgedeckt. Die Aquaristikabteilung in der hinteren Ecke des Raums schimmerte bläulich. An den Aquarienscheiben klebte von innen ein ekliger graugrüner Algenfilm, durch den man einige fies dreinblickende Guppys ihre Kreise im Wasser ziehen sah. Einer von ihnen zwinkerte Miez Marple zu und grinste. Neben den Guppys stand ein großer runder Salzwassertank aus doppelwandigem Glas. Darin saß eine Gestalt, die ihr bestens vertraut war: Kornelius Kneifer – auch bekannt als der »Schlitzer aus dem Hafenbecken«. Seine mächtigen Scheren waren mit Kabelbindern fixiert. Vor einigen Jahren hatte er mit ebendiesen Scheren eine grausame Mordserie an Vierbeinern verübt. Darunter auch etliche Polizeikatzen. Man erzählte sich, dass die dunkle Maserung auf seinem Chitinpanzer keines natürlichen Ursprungs war, sondern in Wahrheit das Blut seiner Opfer.

Der Hummer schlief offenbar. Oder vielleicht tat er nur so.

Meeresgetier, das nicht in Form von Futter im Napf lag, war grundsätzlich schwer einzuschätzen.

Wo blieb nur diese Burmakatze? Ihr war durchaus bewusst gewesen, dass es um Ruhe und Ordnung in der Stadt nicht zum Besten stand, aber mit solchen Zuständen auf dem Polizeirevier hatte sie nicht gerechnet. Früher war sie hier ein und aus gegangen, immer einen frischen Snack für ihre liebsten Beamten im Maul. Das war, bevor sie erkannte, dass es sich bei den meisten von ihnen um machtversessene Fieslinge handelte. Bevor die Kleinkriminellen herausfanden, dass bei ihnen gern mal ein Auge zugedrückt wurde, wenn sie im Gegenzug einen kleinen Happen Gourmetfilet springen ließen. Die Verbrechersyndikate adaptierten diesen Trick und später auch die Stars und Katzen aus der Politik. Das Nachsehen hatten andere. Die, die nichts zu geben hatten, wurden nun noch härter verfolgt. Ursprünglich sollte die Katzenpolizei Auseinandersetzungen zwischen den Stadttieren eindämmen und für die Einhaltung der Gesetze sorgen. Die Idee war ein halbwegs zivilisierter Umgang miteinander. Doch inzwischen machten die Uniformierten Jagd auf Kleintiere, Vögel und Katzen, die sich nicht wehren konnten. So suggerierten sie, dass das System funktionierte. Der einzige Unterschied zwischen den Polizeikatzen und den Tieren, die von ihnen verhaftet wurden, war die lächerliche Uniform. Natürlich gab es auch bei der Polizei Katzen, die versuchten, sich gegen diese Unterdrückungsmaschinerie aufzulehnen, doch entweder wurden sie früher oder später ruhiggestellt, oder sie wurden zynisch wie Milky Way und gaben einfach auf.

Von der Straße drang das Jaulen des geprügelten Marders

herein. Die Katzendetektivin kratzte sich gedankenversunken mit dem linken Bein hinterm Ohr, als die Beamtin endlich an ihren Platz zurückkehrte.

»Der, den Sie suchen, ist da, Schätzchen, aber ich fürchte, er muss noch eine Weile bleiben.«

»Bitte, was?!«, entfuhr es Miez Marple. »Er sollte doch nur verhört werden! Ich will sofort mit Kommissar Milky Way sprechen!«

Die Burmakatze schüttelte bedauernd den Kopf.

»Tut mir leid, der Kommissar ist beschäftigt. Das wird heute nichts mehr. Sie sind nicht zufällig mit diesem Walton verwandt oder kennen jemanden, der es ist?«

»Watson!«

»Wie auch immer. Besser, er findet schnell jemanden, der ihn gesetzlich vertritt oder zumindest auf seiner Besucherliste steht.«

»Wollen Sie mich veralbern? Er ist verhört worden, nicht verhaftet! Außerdem stehe ich ganz sicher auf seiner Besucherliste. Mein Name ist Miez Marple, M-A-R-P-L-E, bitte schauen Sie nach!«

Die Burmakatze sah Miez Marple mitleidig an. »Ehrlichkeit ist ein rares Gut. Man wird heutzutage in einem fort angelogen. Vielleicht überdenken Sie Ihre Freundschaft noch einmal, Schätzchen, und suchen sich einen ehrlichen Kater.« Weiter sagte sie nichts, sondern wandte sich wieder der Krallenpflege zu.

Die Katzendetektivin jammerte und jaulte, als hätte ihr jemand für Stunden keine Aufmerksamkeit geschenkt, doch es half alles nichts. Wütend rauschte sie ab. Sie hatte einen Plan, aber dafür brauchte sie den Schutz der Dunkelheit. Sie wollte der Felinenallee Nr. 34 einen weiteren Besuch abstatten.

*

Seine Zunge klebte am Gaumen. Ihm war entsetzlich heiß. Seine Fellpflege hatte er aufgegeben, da sie in Anbetracht der Umstände sinnlos erschien. Hier war alles voller Dreck und Sägespäne. Und überhaupt: Wie sollte er an einem solchen Ort an Lavendelöl kommen? Der silbrige Streifen auf seinem Rücken war inzwischen sicher nur noch ein trauriger Witz. Noch nie in seinem Leben hatte er sich so erbärmlich gefühlt. Wie lange er schon in der Dunkelheit ausharrte, konnte er nicht sagen. Es mussten Tage sein. Aufgelauert hatten sie ihm, direkt vor dem Katzensalon, in den er von Schnurrjenko immer gebracht wurde. Sie hatten genau gewusst, wann er am verwundbarsten war. Wie lange sie ihn wohl schon beobachtet hatten? Sie mussten bestens über seinen Tagesablauf informiert gewesen sein. Das Werk von Profis, eindeutig. Als sie ihm den kratzigen Sack über den Kopf stülpten, hatte er im ersten Moment fast Erleichterung verspürt. Irgendwann hatte so etwas ja passieren müssen. Für Ruhm bezahlte man einen Preis. Gleichzeitig war er furchtbar wütend. So hatte ihn schon lange niemand mehr behandelt. Ganz abgesehen von dem finanziellen Schaden. Sein Video-Release konnte er vergessen. Ihm entfuhr ein klägliches Miauen, als er an die bereits ausverkauften Shows im ganzen Land dachte. Er dachte auch an Schnurrjenko. Sein armer Manager, sicher drehte der vor lauter Sorge bald durch. Sobald er hier rauskam, würde er seinem menschlichen Weggefährten eine große Maus ins Bett legen – das war das Mindeste. Doch dafür musste er erst einmal einen Weg nach draußen finden.

Er hörte das Scharren von Klauen auf dem Boden, das Klackern von Schnäbeln, niederträchtiges Gegacker. Vorsichtig kroch er auf eine winzige Lücke im Bretterverschlag zu und spähte hinaus. Er konnte seine Entführer nicht erkennen. Sie standen hinter einer großen Kiste, aber er hörte jedes Wort, das sie sprachen:

»Ist die Ware schon verschickt, pock-pock?«

»Claudius, pock, hat sie eben ausgeliefert.«

»Pock, perfekt! Die nächste Woche wird eine Scheißarbeit.«

Kratzige Schritte näherten sich.

»Nero, wie siehst du denn aus? Ga-gack! Haha, Leute, guckt mal, wie schlaff dem sein Kamm runterhängt!«

»Pick dich selbst, Cäsar!«

»Mach dich mal gerade. Du gehst ja wie 'ne Henne!«

»Pock! Das muss ich mir nicht gefallen lassen von einem, der seine Körner zählt, bevor er sie frisst.«

»Nimmst dein Training halt nicht ernst genug. Sonst würdest du nämlich auf deine Ernährung achten. Pock, schau dir diese Muskeln an! Vier Kilo reines Kampfgewicht, Ga-gack!«

»Daunen, sonst nichts!«

Aus seinem Gefängnis heraus gelang es ihm, einen Blick auf die beiden Streithähne zu erhaschen. Sie hüpften mit lauten Flügelschlägen in die Luft und fielen übereinander her, bis nur noch eine Wolke aus Staub und Federfetzen, Schnäbeln und Klauen zu sehen war. Der eine von ihnen war aschgrau und deutlich kleiner als sein Kontrahent, ein weißer

Hahn mit eindrucksvollem Kamm. Das musste der Anführer sein. Über seinem Auge verlief eine tiefe Narbe. Der Kampf dauerte nur wenige Momente. Dann ertönte markerschütterndes Geschrei:

»Kieeek, kieeek! Wer ist der Boss? Ich bin der Boss! Kieeekerikiiii!«

Nachdem der Anführer seinen Triumph ausgiebig gefeiert hatte, meldete sich ein dritter Hahn zu Wort: »Wo bleibt Claudius nur? Die Auslieferung dauert doch sonst nie so lange.«

»Der überbringt noch unsere kleine Botschaft an diesen Musikmenschen, pock. Wir wollen doch nicht, dass er sich länger Sorgen machen muss um sein kleines Schoßkätzchen.«

»Und was, wenn er nicht zahlen will?«

»Poock! Er wird zahlen, Augustus. Und falls nicht, pock, unser guter Nero hier könnte ein paar Katzenproteine auf dem Speiseplan vertragen.«

Die drei brachen in lautes Gegacker aus, während der Kater in seinem Gefängnis sich langsam wieder ins Dunkel zurückzog. Er musste hier raus. Und dafür brauchte er einen Plan.

*

Durch ein Krachen am Haupttor alarmiert, wirbelte sie herum. Eine Gruppe Vierbeiner schlich geduckt auf sie zu, in ihrer Mitte ein breit gebauter Kater mit zurückgekämmtem Fell. Links und rechts von ihm seine Handlanger – die wohl übelsten Gesellen, die sie jemals gesehen hatte. Es war die Art von Katzen, die den Ledersessel nicht nur zerkratzten, sondern bis auf die Füllung ausweideten, wenn es darauf ankam.

»Don Katzino, welch seltene Ehre«, schnurrte sie. Erst jetzt sah sie hinter der Gruppe einen weiteren Kater, dessen rechte Vorderpfote in einer Mullbinde steckte. »Und Tigerchen ist auch dabei!«

»Wir müssen reden«, sagte der Katzengrasbaron. Trotz der Drohkulisse, mit der er sich umgab, blieb sein Tonfall höflich.

»Wenn es um Ihren Neffen geht, so versichere ich Ihnen, dass das abheilen wird. Aber es war nun mal nötig, auch um ihn zu schützen…«

Don Katzino warf den Kopf gleichgültig über die Schulter. »Dem Jungen geht es gut. An dem Schmerz wird er wachsen. Deshalb bin ich nicht hier.«

Sie legte den Kopf schief. »Was verschafft mir dann die Ehre? Wenn Sie wissen wollen, wie ich mich hier eingerichtet habe, so muss ich Sie darauf hinweisen, dass Sie mir absolute Geheimhaltung versprochen hatten.«

»Interessiert mich einen feuchten Mäusedreck, was Sie hier anstellen. Und wenn Sie Hundewelpen gegeneinander antreten lassen: Deal bleibt Deal.«

»Schön, dass Sie das auch so sehen.«

»Genau deshalb bin ich ja hier.«

»Ich verstehe nicht?«

Don Katzino nickte, woraufhin zwei seiner Lakaien einen kleinen Laptop heranzogen und die ergaunerte Festplatte daran anschlossen.

»Hätten Sie die Güte, mir zu erklären, was das hier soll?« Sie sah auf den Bildschirm. Dort lief ein Video, in dem ein Kater über den Strand spazierte und sang:

Selbst wenn's der letzte Thunfisch ist
Dann lass ich ihn links liegen
Denn auf der Welt brauch ich nur dich
Und dass wir uns noch lieben

Sie sah Florian Silberschweif noch einige Momente dabei zu, wie er mit wehendem Fell auf einer Klippe saß und in den Sonnenuntergang plärrte. »Warum zeigen Sie mir das?«

»Weil es das Einzige ist, was wir hier drauf gefunden haben! Alles ist voll mit dieser grässlichen Musik.«

»Aber... Das kann nicht sein!« Sie schnappte sich den Laptop und klickte sich durch die Ordner auf der Festplatte. Ihre Ohren klappten vor Schreck nach hinten. Don Katzino hatte recht. Außer den Silberschweif-Clips befand sich nichts in den Ordnern. Hilfesuchend sah sie sich um.

»Tigerchen! Du hattest doch eine ganz genaue Beschreibung von –«

Aber Don Katzino unterbrach sie. »Mein Neffe hat genug für Sie getan. Wenn Sie dieses Lagerhaus behalten wollen, dann sorgen Sie dafür, dass ich die richtige Festplatte bekomme. Andernfalls...« Er deutete auf einen Kater, der anstelle einer pelzigen Tatze eine stählerne Klaue trug und diese demonstrativ über den Boden zog. Funken sprühten, und im Beton blieben fünf erschreckend tiefe Kerben zurück. Zwar beeindruckte sie dieses Imponiergehabe herzlich wenig, doch sie wusste, wann es klüger war, zu schnurren und zu nicken.

FÜNF

Aus einiger Entfernung beobachtete Miez Marple das Tor zum Anwesen in der Felinenallee Nummer 34. Es war mittlerweile von der Menschenpolizei versperrt worden. Davor lag eine sichtlich gelangweilte Beamtin und döste mit dem Kopf auf ihren Vorderpfoten. Grimmig schnaubte die Detektivin. Wenn Katzen in Villengegenden ermordet wurden, stellte die Polizei immer Wachen auf. Sie sollten verhindern, dass Kriminelle, die Wind von einer plötzlich leerstehenden Villa bekamen, auf dumme Gedanken kamen. Wirtschaftlich weniger gut gestellte Opfer genossen in der Regel keine Sonderbehandlung.

Der Himmel über der Stadt war eine undurchdringliche schwarze Wand. Hier und da fielen einzelne Tropfen in die Büsche ringsherum. Dampfschwaden quollen aus dem Unterholz. Der Duft von Moos und morschen Ästen ließ Miez Marple sorgenvoll aufschnüffeln. Ihre Gedanken waren bei Watson. Sie hatte eine Vorahnung, wie die ganze Sache ablaufen würde. Seit sich die Verbrechen in der Stadt täglich potenzierten, schien die Polizei davor kapituliert zu haben, sie tatsächlich aufzuklären. Offizielle Meldungen und Verhaftungsstatistiken waren alles, was zählte. Und wenn sich eine Gelegenheit wie diese bot – ein potenzieller Täter, überführt von einer Sicherheitskamera –, dann zögerte man nicht lange und schritt zur Verhaftung. Fehlende Indizien? Widersprüche in den Details? Nichts, was man nicht mithilfe gekaufter Zeugen und engagierter Pressearbeit hinbiegen konnte. In was hatte Watson sie da nur hineingezogen? Sie ärgerte sich über ihren Freund. Nein, sie ärgerte sich über sich selbst. Und über Milky Way. Dass er sie im Polizeipräsidium nicht einmal empfangen hatte, war eine Frechheit, die er sich früher nicht erlaubt hätte.

Das Prasseln der Tropfen wurde lauter. Ihre Sicht war nun auf wenige Meter begrenzt. Sie überlegte, wie sie den Kommissar dazu bewegen konnte, sich mit ihr zusammenzusetzen, als sie plötzlich eine Bewegung auf der Straße wahrnahm. Unter der hohen Gartenmauer glaubte sie einen Schatten zu erkennen. Doch als sie ein zweites Mal hinsah, war dort nichts außer eine Reihe teurer Kleinwagen, auf deren Motorhauben der Regen trommelte. Sie wartete. Die Polizeikatze am Eingang lag im Schutz eines Baumes und schien seelenruhig zu schlafen.

Miez Marple sah sich nach allen Seiten um. Niemand sonst befand sich in der dunklen Allee. Blitzschnell überwand sie die Mauer und schlich sich an das Anwesen heran. Etwas musste die Polizei übersehen haben, so war es ja immer, und sie war entschlossen, dieses Etwas zu finden.

In den Fenstern der Villa brannte kein Licht. Sie schlich zum Haupteingang. Durch diese Tür hatte sie tags zuvor den falschen Forensiker verfolgt, von dem noch immer jede Spur fehlte. Nun war sie geschlossen, die Katzenklappe versiegelt. Geschlossene Türen lösten in ihr immer eine große Melancholie aus. Ihr grauste vor der Vorstellung, dass ein Weg, den sie zuvor so mühelos hatte beschreiten können, aufgehört hatte zu existieren. Als hätte das Universum mit einem Schulterzucken entschieden, dass eine gesamte Galaxie überflüssig war. Sie stellte sich die Milchstraße vor, wie sie implodierte, wie alle in ihr befindlichen Partikel in ihre Mitte gesogen wurden, in einen lichtschluckenden Vortex. Dann ein kurzer greller Lichtblitz, gefolgt von ewiger Schwärze. Für einen kurzen Moment musste sie dem starken inneren Drang widerstehen, herzzerreißend zu miauen und an der Tür zu kratzen.

Auf der Rückseite der Villa befand sich der weitläufige Garten. Sofort zog der Wintergarten Miez Marples gesamte Aufmerksamkeit auf sich. Sie fand die Glastür fest verschlossen, aber eines der Fenster war lediglich mit einem kleinen Vorhängeschloss gesichert. Die Katzendetektivin drückte ihre Pfote gegen die Unterseite und schloss die Augen. Dann fuhr sie langsam eine ihrer Krallen aus. Sie drehte die Pfote und schob ihr naturgegebenes Einbruchswerkzeug Stück für Stück vor. Der erste Zylinder klickte. Sie lauschte noch einmal. Es knackte in den Rosenbüschen. Regte sich dort etwas? Für gewöhnlich konnte sie Verborgenes auch auf einige Distanz erschnüffeln, aber der Regen wusch eine so große Anzahl an Düften aus dem Erdreich, dass schon jemand sein Geschäft direkt vor ihrer Nase hätte verrichten müssen, damit sie darauf stieß. Es klickte erneut. Der zweite Zylinder rastete ein. Wenige Augenblicke später hatte die Katzendetektivin das Schloss geknackt und war durch das kleine Fenster in den

Wintergarten geglitten, der weiter in die pompös eingerichtete Villa führte.

Währenddessen kauerte sich draußen eine gefiederte Gestalt hinter die dicht wuchernden Rosensträucher und versuchte aufgeregt nicht zu gackern.

Drinnen war Miez Marple kurz in den Anblick mehrerer geschmackloser Ölgemälde vertieft, auf denen Schnurrjenko und sein Kater in unnatürlichen Positionen zu sehen waren. Die Wände des sich anschließenden Korridors waren vollgehängt mit gerahmten Preisen, Urkunden und Fotografien, die Florian Silberschweif in den Armen von irgendwelchen Menschen zeigten. Miez Marple passierte teure Blumenvasen, in denen Pflanzen steckten, an denen man hervorragend kauen konnte. In einer Vitrine erblickte sie samtige Wollknäuel, Ladekabel und Schuhe mit verführerisch langen Schnürsenkeln. Sie wusste noch immer nicht, wonach sie überhaupt suchte, aber ihr detektivischer Spürsinn ließ keinen Zweifel zu: Es musste ein Detail geben, das Milky Way und seine Leute übersehen hatten. Sie nahm sich einen Raum nach dem anderen vor. In der Mitte eines großen Speisesaals stieß sie auf zwei Reihen festlicher Näpfe aus feinstem englischen Porzellan. Hoch über ihr hing ein Kronleuchter, der mit kleinen Fischen aus Kristall verziert war. Sie wollte das Licht einschalten, doch als sie hochsprang, um mit der Pfote auf den Lichtschalter zu schlagen, blieb es dunkel. Jemand musste den Strom abgestellt haben.

Das nächste Zimmer war ein Trainingsraum mit Hindernissen zum Klettern, Röhren zum Hindurchkriechen und Ringen in verschiedenen Höhen. Herrlich. Miez Marple konnte nicht widerstehen und durchlief den Parcours zu Ermittlungszwecken, doch ihr fiel nichts auf, außer dass sie ziemlich aus der Form war. Als sie ein Zimmer erreichte, das komplett mit Pappkartons zugestellt war, wurde sie müde. Sie machte es sich vorübergehend in einem der Kartons gemütlich und überlegte. Es wäre wirklich nicht weiter verwunderlich, wenn die Katzenpolizei nicht alle Hinweise gefunden hätte. Wie sollte man in all dem Prunk und Firlefanz überhaupt etwas finden? Das Einzige, was sie selbst bislang entdeckt hatte, war eine Bestätigung für ihren Groll gegen die oberen Zehntausend. Kein Mensch und keine Katze sollte so viel besitzen dürfen, solange andere ungestreichelt auf der Straße lebten. Sie seufzte und setzte ihre Suche fort.

Am Ende des Ganges erreichte sie das Studio des Schlagerkaters, in dem sich tags zuvor der falsche Forensiker herumgetrieben hatte. Die Tür war nur angelehnt. Sie presste sich durch den schmalen Spalt. Auch hier: Preise und Fotografien an den Wänden. Sie zählte zwei Video-Meowards, vier goldene Gizmos und drei Urkunden des Katzenvideoverbandes. Überall standen Kameras, Mikrofonstative und Greenscreens herum. Sie erkannte einige Requisiten aus Silberschweifs Videos: Kostüme, Fressschale-Produkte für das Product-Placement und sogar das Sofa aus dem Video »My cat HATES the new sofa« zu dem Song *Ach es ist doch nur ein Kratzer*. Zu ihrer Linken befanden sich Regler und Knöpfe. Zu ihrer Rechten standen zwei schwarze Bildschirme. Darunter befand sich eine Schublade. Seit Miez Marple denken konnte, versteckte Agathe Christiansen die guten Snacks immer in der obersten Küchenschublade. Sie war mehr als geübt darin, diese zu öffnen. Doch zu ihrer Enttäuschung fand sie weder schmackhafte Leckereien noch Beweise, die ihren Freund Watson entlasten würden. Unter dem Tisch sah sie einen PC-Tower, der ohne Strom keine große Hilfe war. Sie überlegte. Dann öffnete sie nach und nach alle Schubladen, die sie finden konnte. Sie lief über die Papiere auf dem Schreibtisch und warf die Hälfte davon zu Boden. Ihre anfangs zielgerichtete Suche verwandelte sich in ein aggressives Stöbern, das sie bis an die Grenze der Zerstörungswut brachte.

Als sie kurz davor war, den Noppenschaum von den Wänden zu kratzen, entdeckte sie doch noch etwas. Versteckt in einer Ecke stand ein kleiner schwarzer Kühlschrank. Sie ging darauf zu und zuckte zusammen, als ihre Tatzen in etwas Nasses tapsten. Unter einiger Anstrengung öffnete sie die Kühlschranktür. Sofort kam ihr ein Schwall Wasser entgegen und umspülte ihre Pfoten. Sie fauchte und sprang zurück. Wasser! Von allen Elementen war dies mit Abstand das Widerwärtigste! Sie hatte sogar mal ein Gedicht darüber verfasst, das ihr sofort wieder präsent war:

Als die Erde einst entstand
Gab es Himmel und das Land
Bäume, Gräser und das Licht
Aber eines gab es nicht

Es gab Tiere, Menschen, Pflanzen
Alle wollten singen, tanzen
Aber einem wars nicht recht
Der war im tiefsten Herzen schlecht

Seine Absicht: bös, das Grinsen: fies
So zerstörte er das Paradies
Es war der Dämon Katzenhasser
Er erschuf das nasse Wasser

Miez Marple schüttelte sich, dass die Tropfen nur so flogen, und sah dann in den geöffneten Kühlschrank. Bis auf ein paar Limonadendosen, etwas russischen Kaviar und eine Champagnerflasche befand sich nichts darin. Aber als sie das Eisfach öffnete, entfuhr ihr ein vergnügtes Schnurren: Eingeschweißt in Plastikfolie lag dort eine Festplatte. Genau so eine, wie sie der falsche Forensiker im Maul getragen hatte. Diese war offensichtlich in den Eiswänden des Gefrierfachs versteckt gewesen, die nun geschmolzen waren.

Vorsichtig nahm Miez Marple den Datenträger an sich, darum bemüht, kein Loch in die Plastikfolie zu beißen. Gerade wollte sie den Raum verlassen, als die LED-Tastaturen um sie herum zu leuchten begannen. Auch der Kühlschrank brummte, und auf den zwei Bildschirmen prangte plötzlich das Gesicht des Schlagerkaters. Der Strom war wieder da. Das konnte nur bedeuten, dass sich noch jemand im Haus befand. Vielleicht eine Beamtin auf Kontrollgang? Miez Marple flitzte den Weg zurück, den sie gekommen war. Sie passierte den prunkvollen Korridor, das Kartonzimmer, den Trainingsraum und den Speisesaal. Als sie schließlich im Wintergarten ankam, fiel ihr voller Schreck ein kleiner blinkender Kasten am Fenster auf: die Alarmanlage! Dass sie die vergessen hatte, ließ sie leise fluchen. Zum Glück stand das Fenster, durch das sie eingebrochen war, noch immer offen. Sie sprang hinaus auf die Terrasse, rannte durch den Garten und im Schutze des Wolkenbruches die Felinenallee hinab in Richtung Innenstadt.

In den Büschen gackerte der von Miez Marple unentdeckte Beobachter erleichtert auf. Der Brief in seinem Schnabel war schon leicht geknickt und hatte ein paar Tropfen abbekommen. *Endlich ist die Katze aus dem Haus!*, dachte er und schritt zur Tat.

SECHS

Florian Silberschweif lag verdrossen in seinem Brettergefängnis und starrte die Wand an. Seine Entführer hatten schon seit ein paar Stunden nichts mehr von sich hören lassen. Nach dem von ihm belauschten Gespräch waren sie aus der Scheune verschwunden und hatten ihn seinem Schicksal überlassen. Bereits mehrfach hatte er Anlauf genommen und sich gegen die Wand der Box geworfen, doch sie wollte und wollte nicht nachgeben. Immerhin hatte der Durst inzwischen die Panik verdrängt. Als sie ihn hier eingesperrt hatten, war er beinahe durchgedreht, hatte gefaucht, miaut und sich vor Empörung auf dem verdreckten Untergrund gewälzt. Nur einmal im Leben hatte er sich so hilflos gefühlt: als er als kleines Kätzchen in die Waschmaschine geklettert und alleine nicht mehr hinausgekommen war. Stundenlang hatte er damals in der löchrigen Waschtrommel gesessen und kläglich miaut. Doch dann war er von Schnurrjenko gefunden und aus seiner misslichen Lage befreit worden. Sein Freund und heutiger Manager war dabei in Tränen ausgebrochen. Er erinnerte sich an die Umarmungen und die Streicheleinheiten, die auf die Rettung folgten. An die kleine Extraschale mit verdünnter Milch, die fortan immer neben seinem Napf stand. In Interviews mit der *Bellt-Zeitung* erzählte er diese Story immer gerne. Dann behauptete er, sie habe dazu geführt, dass verdünnte Milch ein Leitmotiv in seinen Texten geworden sei. Dass die Firma Fressschale der Hauptsponsor seiner Videos war und er davon profitierte, wenn immer mehr Tiere ausschließlich Fressschale-Produkte fraßen, unterschlug er dabei natürlich.

Aber jetzt? Ihm war bewusst, dass er aktuell in einer Waschmaschinentrommel ganz anderen Kalibers feststeckte. Leider war er inzwischen ein großer Kater und musste seine Probleme alleine lösen. Wenn er nur wüsste, wie! Mit existenziellen Fragen hatte er sich schon seit Jahren nicht mehr befassen müssen. Er hatte jemanden, der sein Essen zubereitete, jemanden, der ihn morgens kraulte, jemanden, der ihn nach dem Mittagessen kraulte, jemanden, der ihn am Abend kraulte, und jemanden, der ihn in den Schlaf kraulte. Wenn er eine Show hatte, wurde er dorthin gefahren, die Hotels waren im Voraus gebucht und seine Outfits zurechtgelegt. Für Auftritte vor Katzenpublikum hatte er zwei muskulöse Kater, die den Ansturm von Zuneigung und Neugier für ihn bändigten. Dies war auch nötig, da häufig die gleichen Fragen kamen: »Wie kommst du auf deine Ideen?«, »Wann kommt das neue Video?« oder »Ich schreibe auch Lieder, kannst du sie dir mal anhören?«. Das Einzige, worum er sich in letzter Zeit überhaupt noch gekümmert hatte, war der regelmäßige Nachschub an »Vitaminen« gewesen, die es ihm erlaubten, seinen Ruhm ohne Skrupel und Gewissensbisse auszukosten. Möglicherweise hatte er sich etwas im Knäuel seiner Problemchen verheddert. Und möglicherweise hatte er ein wenig häufiger als sonst Nachschub an bunten Pillen bestellt. Aber wer jemals ein Video veröffentlicht hatte, auf das knapp 40 Millionen Katzen und Kater sehnsüchtig warteten, wusste, was für ein Stress das war. Was für eine Verantwortung! Und wie hätte er auch ahnen können, dass die Betreiber von www.checkmynip.com gleich zu so unangenehmen Methoden greifen würden? Es hatte am Anfang doch alles so seriös geklungen? Er schüttelte sich. All diese Gedanken brachten ihn nicht weiter. Er musste hier raus.

Die Box, in der sie ihn gefangen hielten, war aus splittrigem, unbehandeltem Holz zusammengenagelt. Der Boden war bedeckt mit Spänen und Schotter. Hier wurde im Winter vermutlich Streugut gelagert. Er betrachtete die Scharniere der Klappe über ihm. Das Brett, mit dem sie verschraubt waren, war durchzogen von kleinen Löchern, und an einigen Stellen bröckelte es schon. Mit etwas Kraft ließe sich die Klappe vielleicht herausbrechen, aber dazu musste er erst mal nach oben kommen. Er sah sich um. Links von ihm ragten ein paar Nägel aus der Wand, die seinen Pfoten Halt bieten konnten. Sein Gefängnis war mitnichten das Werk einer großen Schreinermeisterin, aber genau diese Tatsache konnte ihm jetzt seinen pelzigen Hintern retten. Vorsichtig setzte er eine Pfote auf den untersten Nagel und drückte sich in die Höhe, wobei er sich mit der anderen Vorderpfote abzustützen versuchte. Im nächsten Moment rutschte er ab, geriet ins Straucheln und prallte gegen die Wand, wobei sich einer der Nägel in seine Schulter bohrte. Er jaulte auf. Blut sickerte ihm ins Fell. Er blieb erschöpft liegen.

Was, wenn er hier, an diesem ungastlichen Ort, verendete? Würden seine Fans ihm einen Schrein errichten, so wie man es bei überfahrenen Katzen zu tun pflegte? Wie lange würde man sich an ihn erinnern? Wie lange würde es dauern, bis die ersten Memorial-Compilations seiner Best-of-Videos herauskamen? Wer würde seine Biografie schreiben? Hatte er das überhaupt alles schon in seinem Testament geregelt? Gerade als er sich fragte, wie sein Leben wohl im Zeitraffer aussehen würde, vernahm er ein verdächtiges Flattern außerhalb der Box.

»Pock! Was wird denn hier gejault?«

»Ich ...«, sagte der Schlagerkater, doch seine Stimme brach.

»Ja, ich weiß, poock, das ist kein Vier-Sterne-Hotel bei uns, gack-gaack! Aber sobald dein kleiner Menschenfreund uns bezahlt hat, kannst du gleich wieder auschecken. Poock! Hinterlass gern eine Bewertung, hahaha! Gack-gaack!«

Silberschweif schwieg.

»Monsieur haben noch einen Wunsch? Poock? Hier kommt ein Gruß aus der Küche«, sagte der Hahn, den die anderen Augustus nannten. Er stellte einen Teller mit einem nicht definierbaren Brei vor den Schlitz. Vorsichtig schnüffelte Silberschweif daran. Ein fauliger Geruch stieg ihm in die Nase.

»Verzeihung, aber was genau soll das sein?«

»Na, dein Futter, poock!«, gab Augustus beleidigt zur Antwort. »Regen- und Mehlwurmpaste! Mehr Eiweiß hat kein Shake! Pock-Poock!«

»Oh«, sagte der Schlagerkater. »Sie fressen das auch?«

»Ga-gaack! Na, und ob! Was glaubst du, woher diese strammen Schenkel kommen, haha!«

Dass man ihn entführt hatte, war eine Sache. Aber dass es ausgerechnet diese eingebildeten Gockel sein mussten, ärgerte Florian Silberschweif zutiefst. Er warf einen erneuten Blick auf sein würdeloses Mahl. Man konnte gar nicht zum Ausdruck bringen, wie sehr es ihn wurmte.

*

Vorsichtig transportierte Miez Marple ihr Fundstück durch die Katzenklappe. Auf keinen Fall wollte sie riskieren, dass Agathe sie damit sah und ihr das Ding abnahm. Sie wusste genau, welche Gräten des Parketts es zu meiden galt, und huschte einem Windhauch gleich zu ihrem Korb.

Als sie die Festplatte sicher unter ihrer Kuscheldecke verstaut hatte, kam ihre menschliche Mitbewohnerin auch schon angelaufen, um sie zu begrüßen. Wie eine Ente mit zu langen Beinen sah sie aus. Irgendwie niedlich. Kaum hatte Agathe sie entdeckt, gab sie auch schon Menschenlaute von sich. Wäre die Katzendetektivin der menschlichen Sprache mächtig gewesen, dann hätte sie in etwa Folgendes gehört:

»JAA DAAA biiist du ja, meine kleine Streunermaus! Ja wer ist eine tolle kleine Katze? Wer bringt schon wieder Müll nach Hause? Ja, wer kann sooo toll jagen? Ah, du bist aber eine feine feine Fellpfote.«

Miez Marple schnurrte nur und streifte mit ihrer Flanke das Bein ihrer Versorgerin, doch die gewünschte Reaktion blieb aus. Also rieb sie sich mit dem Kopf an Agathes Schienbein und intensivierte ihr Schnurren. Dieser Trick klappte immer. Wieder gab die Menschenfrau ein paar ihrer ulkigen

Laute von sich und ging in Richtung Küche. Miez Marple lächelte frech. Wie gut sie Agathe doch dressiert hatte!

Nachdem sie gefressen hatte, sah sie auf die Uhr. Es war Zeit. Zum zweiten Mal an diesem Tag machte sie sich auf in die Innenstadt. Sie konnte sich nicht erinnern, wann sie in den letzten Monaten so viel unterwegs gewesen war. Ihre Pfoten taten weh, und am liebsten hätte sie sich vor Agathes Füßen am Kamin eingerollt, doch die Pflicht rief.

Auf den Straßen war es bereits ruhiger, als sie das Hauptquartier der Katzenpolizei erreichte. Unmittelbar in der Nähe des Einganges legte sie sich auf die Lauer. Es konnte nicht mehr lange dauern. Sie sah auf die Uhr. Und tatsächlich: Um Punkt 21 Uhr öffnete sich die Tür, und Kommissar Milky Way erschien. Die Zeiten, in denen er sich die Nächte um die Ohren geschlagen hatte, waren vorbei. In den letzten Jahren hielt er es wie die guten Pferde auf der Rennbahn. Er würgte ein Knäuel schleimiger Haare auf die Treppe und tapste die Stufen hinab. Da kam die flauschige Ermittlerin aus ihrer Deckung hervor und spazierte gut gelaunt auf den Kommissar zu.

»Guten Abend, Kommissar Milky Way! Dürfte ich Sie kurz sprechen?«

Sein Blick war noch zerknirschter als gewöhnlich. »Sehen Sie nicht, dass ich Feierabend habe? Wenn Sie etwas besprechen wollen, kommen Sie morgen aufs Revier.«

»Da war ich heute schon, aber Sie waren leider zu beschäftigt.«

»Na, dann kommen Sie eben morgen wieder. Ich werde

jetzt diesen trostlosen Ort verlassen und mir zu Hause das Elend dieses Tages aus dem Fell lecken.«

»Ein Elend ist es, Sie so zu sehen, Kommissar! Was ist aus Ihrem alten Wahlspruch geworden? ›Ist, was du machst, verboten, hau ich dir auf die Pfoten‹?«

Er schnaubte. »Süße, das Reimen überlass ich mal lieber Ihnen. Und jetzt gehen Sie mir aus dem Weg.«

»Halt! Zuerst will ich wissen, warum man mich nicht zu Watson vorlässt!«

»Sie meinen, warum man Sie nicht mit Ihrem Mörderfreund gemeinsame Sache machen lässt?«

»Nun hören Sie aber auf!«, fauchte Miez Marple, »Sie haben keinen Beweis dafür, dass er es war und –«

»Dann beweisen Sie mir erst mal das Gegenteil.«

»Aber so funktioniert unser Rechtssystem nun mal nicht, Milky Way!«

Er lachte fies. »Wenn Sie mich fragen, funktioniert da überhaupt nicht mehr viel. Wenn ich wollte, könnte ich morgen einen Richter finden, der Ihren Freund in eine Hochsicherheitszelle nach Alcakatz überstellen lässt.«

»Das wagen Sie nicht!«

»Bringen Sie mich nicht in Versuchung! Im Moment ist Ihr Freund Watson unser Hauptverdächtiger. Wir haben Aufnahmen einer Überwachungskamera, die zeigen, wie er zum Tatzeitpunkt auf das Gelände schleicht. Viel mehr brauchen wir nicht.«

»Aber was ist mit den Tatzenabdrücken auf der vermeintlichen Mordwaffe? Die können unmöglich von Watson stammen!«

»Sie wissen doch selbst, dass Tatzenabdrücke in der Regel nicht für die Beweisführung taugen. Viel zu ungenau. Erinnern Sie sich nur an den Fall mit dem Wollknäuelräuber, der den exakt gleichen Pfotenabdruck wie mindestens drei andere Katzen hatte. Ein Nasenabdruck wäre hilfreich gewesen.«

»Aber das Motiv?! Welches Motiv soll der arme Watson denn bitte gehabt haben? Haben Sie sich das schon mal gefragt?« Mit dem Mut einer Verzweifelten blockierte sie dem mürrischen Kommissarkater weiter den Weg.

»Miez Marple, Sie gehen mir gewaltig auf den Senkel! Motiv hin oder her, wenn er nicht erklären kann, was er dort gemacht hat, ist er dran. Aber gut, wenn Sie mich dann endlich in Ruhe lassen: Ich gebe Ihnen bis zum Wochenende. Wenn Sie bis dahin nichts vorbringen können, was Ihren windigen Gefährten entlastet, wandert er für den Rest seines Lebens hinter Gitter.«

»Es steckt ja doch noch ein treuer Gesetzesdiener in Ihnen«, schnurrte die Katzendetektivin erleichtert.

»Übertreiben Sie's nicht, Miez. Fünf Tage haben Sie. Mehr nicht.«

»Ich–«, setzte sie an, doch weiter kam sie nicht. Eine Polizeikatze mit dem obligatorischen Hut kam auf sie zugesprintet. Mit Schreck erkannte die Detektivin die dösende Wachkatze aus der Felinenallee. Was, wenn sie sie am Tor doch gesehen hatte? Mit größter Mühe unterdrückte Miez Marple ihren Fluchtimpuls.

»Kommissar ... Milky Way!«, hechelte die Polizeikatze völlig aus der Puste. »Gut, dass ich Sie noch erwische!«

»Was wollen *Sie* denn hier? Warum sind Sie nicht auf Ihrem Posten? Sehen Sie denn nicht, dass ich Feierabend habe?!«

»Ich glaube, *das* wollen Sie sehen. Habs bei meinem Kontrollgang im Aufnahmestudio des Opfers gefunden.«

Miez Marple schluckte. Bestimmt hatte sie bei der Durchsuchungsaktion ein Haar oder sonst was verloren, das ihr nun zum Verhängnis würde. Sie hätte nie in diese Villa einsteigen sollen! Ach was! Sie hätte Watson die ganze Sache ausreden und nie wieder die Detektivin spielen sollen. Sie war doch jetzt Lyrikerin, herrje! Ihr Herz schlug wie verrückt. Sie hörte schon die Vögel, wie sie schrien: Miez Marple, die Mörderin – alles über die finstere Seite der Amateurdetektivin! Aus und vorbei, dachte sie. Ob sie Watson wohl noch mal sehen würde? Bevor man sie bei Wasser und Trockenfutter wegsperrte? Doch noch bevor Miez Marple auch nur einen Ton herausbekam, spuckte die Polizistin dem Kommissar ein Stück Papier vor die Pfoten. Darauf befanden sich Buchstabenfetzen, die zu so etwas wie Sätzen zusammengeklebt worden waren. Allerdings waren sie nicht nur lieblos ausgeschnitten, sondern teilweise auch noch verrutscht, so schien es. Irritiert las Miez Marple Folgendes:

```
WIR HAB_N SILBERSCHWF!!! WENN SIE IHRN ATER
LEBENDIG WIED SEHEN WOL _ _ _ 500.000
IN BAR _ _ DONNERSTAG 12:00 FRESSSSCHALE
HAUPTPLATZ _ __
KEINE POLIZEI _
```

Lange herrschte Schweigen. Schließlich stieß Milky Way einen Fluch aus, bei dem jede Katzenmama ihren Kleinen die pelzigen Öhrchen zugehalten hätte. »Bringen Sie das sofort ins Labor. Ich komme nach.«

Die Polizistin nickte grimmig und huschte die Treppen zum Revier hinauf.

»Was Sie angeht...«, sagte Milky Way und sah Miez Marple streng an. »Es tut mir fast schon leid, aber angesichts der neuesten Entwicklungen in diesem Fall ist die Fünf-Tages-Frist natürlich überholt. Übermorgen ist bereits Donnerstag. Wenn Sie mir bis dahin nicht beweisen können, dass Ihr Freund unschuldig ist, habe ich keine andere Wahl, als ihn ans Messer zu liefern. Meine Vorgesetzten wollen Ergebnisse sehen.« Mit diesen Worten folgte er seiner Kollegin, nicht ohne dabei haarsträubende Flüche über den verlorenen Feierabend auszustoßen.

SIEBEN

Das Restaurant *Zur Silbernen Pfote* lag inmitten der Altstadt. Anstelle von Wolkenkratzern und rauschendem Verkehrslärm dominierten hier denkmalgeschützte Fachwerkgebäude, deren Fassaden man vor Jahrzehnten in fragwürdigen Pastelltönen gestrichen und beinahe zu Tode restauriert hatte. Sie beherbergten teure Boutiquen, hippe Cafés und Feinkostläden. Hier arbeiteten die Menschen und Tiere, die es geschafft hatten; oder jene, die sich einbildeten, es ohne größere Erbsummen noch schaffen zu können. Im Sommer wimmelte es von Menschentouristen. Sie verstopften die engen Kopfsteinpflastergassen und die ufernahen Cafés. Jetzt, da die Tage kälter wurden, gewann dieser Ort mit seiner postkartenwürdigen Heimeligkeit auch für Katzen wieder deutlich an Attraktivität.

Die *Silberne Pfote* genoss einen Ruf. Nicht umsonst hing über der Tür ein Schild, auf dem eine frech lächelnde Katze mit Küchenhaube zu sehen war. Wenn man eintrat, empfing einen der Geruch von poliertem Holz. Überall an den Wänden hingen Porträts berühmter Persönlichkeiten mit ihren Katzen, darunter viele Stammkunden. Denn das Geschäftskonzept der *Silbernen Pfote* war einmalig. Der Besitzer, ein Sternekoch mit tadellosem Ruf, war so vernarrt in seinen Kater, dass er ihn kurzerhand zum Betriebsmaskottchen erhoben hatte. Das zog unweigerlich weitere Katzenfreunde an. In der *Silbernen Pfote* speiste man, weil man insgeheim hoffte, dass der stattliche Hauskater sich herabließ und – gegen ein paar Happen vom Fisch – sogar kraulen ließ. Es gab zwei Speisekarten, die *Carta humana* und die *Carta feline*. Auf Letzterer standen wechselnde Tagesmenüs zur Auswahl, die dem Gaumen jeder noch so verwöhnten Samtpfote schmeichelten. Gekochter Lachs an Karottenschäumchen mit Wildkräutern beispielsweise, Lammragout in dunkler Soße mit Reis oder Beerenpüree auf Bananentextur. Auf diese Weise konnten die Katzenfreunde fein ausgehen und ihren Lieblingen etwas Exquisites mit nach Hause bringen. Kurz gesagt: Dieser Ort brachte Zwei- und Vierbeiner zum Schnurren. Doch die *Silberne Pfote* war weit mehr als nur ein Restaurant. Hier kamen die einflussreichsten Katzen und Kater der Stadt zusammen, schmiedeten politische Ränke und schlossen Geschäfte ab, die sich am äußersten Rand der Legalität bewegten. In der Katzenwelt bedeutete »sich die Pfote versilbern lassen«, dass jemand durch windige Beziehungen schnell zu Erfolg gekommen war. Ein solcher Ort konnte natürlich nur funktionieren, wenn sich jemand seiner Organisation und Pflege annahm. Und genau diese Stelle füllte der Hauskater Don Katzino aus. Der Restaurantbesitzer hatte für ihn und seine Gefährten einen Teil des Dachbodens ausgebaut. So konnten sich die Katzen und Kater zurückziehen, wenn ihnen der Trubel im Lokal zu viel wurde. Beschenkt mit einem malerischen Blick auf den Kanal lenkte Don Katzino von hier aus die Geschicke der Stadt. Die Nähe zum Wasser hatte einige Vorteile. Unliebsame Gäste oder Geschäftspartner, die etwas mehr Überzeugungskraft erforderten, wurden überraschend gesprächig, wenn man sie mit Gewichten an den Beinen an die Böschung führte.

Gerade lag Don Katzino auf einem Kissen aus Damast und ließ sich von seiner Gefährtin Minki hinter den Ohren putzen. Er hätte allen Grund gehabt zufrieden zu sein: Der Import von Katzengras hatte ihm in den letzten Monaten ein Vermögen eingebracht. Seit diese seltsamen Hähne aufgetaucht und für ihn den Online-Versand übernommen hatten, hatte sich der Umsatz nahezu verdoppelt. Seine gesamte Konkurrenz hatte er in den letzten Monaten aus dem Geschäft gedrängt, oder es hatte seltsame Unfälle gegeben, in denen Rasenmäher und Wäschetrockner eine Rolle spielten. Der Katzengrasbaron stand auf der Höhe seines Schaffens, er hatte den Drogenhandel der Stadt fest in seinen Klauen. Außerdem stand sein zehnter Geburtstag bevor. Auch das Immobiliengeschäft lief nach wie vor hervorragend, doch seit diese gruselige graue Katzenlady das Lagerhaus am Hafen angemietet hatte, waren seine Nächte unruhig.

Als könnte sie seine Gedanken lesen, hörte Minki auf, ihm die Ohren zu putzen, und sah ihn streng an. Sie hatte das Katzengrasimperium gemeinsam mit Don Katzino errichtet. Vor ihrer Begegnung war die weiße Siamkatze von einer Züchterin von Katzenausstellung zu Katzenausstellung geschleift worden. Es waren Veranstaltungen für Menschen, die eine obsessive Begeisterung für Katzen vereinte. Dort musste Minki Kunststückchen vorführen. Sie lief Parcours durch Röhren, tanzte über hauchdünne Seile und sprang aus dem Stand fast vier Meter in die Höhe. Als sie schließlich genug hatte von dem ganzen Zirkus, suchte sie sich ihren eigenen Weg und machte fortan als Juwelen- und Knäueldiebin die Stadt unsicher. Ihre antrainierten Fähigkeiten ließen sie ein stattliches Vermögen anhäufen und verhalfen ihr zu einer gewissen Reputation. Ihre Kundschaft war vielfältig: Ganoven, die sich die Pfoten nicht selbst schmutzig machen wollten, oder kriminelle Organisationen, die gezielt nach Katzen mit Minkis Profil suchten. Eine Zeit lang lebte sie ein Leben wie im Film: Verfolgungsjagden mit der Katzenpolizei, brennende Geldtransporter und reihenweise hübsche Kater, die sich ihr zu Pfoten warfen. Die *Bellt-Zeitung* nannte sie in einem Atemzug mit dem Kunsträuber Charcoal Ramses und dem Serienmörder Kornelius Kneifer. Doch eines Tages ging einer ihrer Coups fürchterlich schief. Durch einen Kontakt bei der Eisenbahngesellschaft hatte sie es geschafft, 70 000 illegal fabrizierte Stoffmäuse zu importieren. Doch ihr Kontakt hatte sich verplappert. Als sie die Ware abtransportieren lassen wollte, umstellte die Katzenpolizei den Ringlokschuppen. Minki dachte schon, ihre Karriere als Meisterdiebin habe ein jähes Ende gefunden, da tippte ihr jemand von der Seite auf die Schulter. Es war Don Katzino. Der spätere Katzengrasbaron, zu diesem Zeitpunkt noch ein unbedeutender Kleinganove, hatte zufälligerweise gerade einen anderen Zug ausgeraubt, der hochkonzentrierten Baldriantee geladen hatte. Gemeinsam konnten sie den Straßensperren und Suchscheinwerfern entgehen. Diese schicksalhafte Begegnung führte dazu, dass Minki und Don Katzino übereinkamen, ihre Fähigkeiten künftig zu kombinieren, und so die Unter- und Oberwelt gehörig aufmischten.

»Wenn ich dich weiter so grübeln sehe, Katzino, ich schwör dir, ich gehe in dieses Lagerhaus und schlitz diese Mieze eigenpfötig auf!«

»Und ich darf mir dann neue Mieter für dieses Drecksloch am Hafen suchen, oder was? Nein danke!« Don Katzino schüttelte sich.

»Ich kenn dich doch, du hast Angst vor ihr und –«

»Überhaupt nicht! Ihre kriecherische Art macht mich fertig, das ist alles.«

»Mir macht sie jedenfalls Angst. Sie ist grausam und respektlos. Allein, wie sie deinen Neffen zugerichtet hat, das sagt doch schon alles.«

»Der Kleine hätte besser aufpassen müssen. Solche Dinge passieren in diesem Geschäft eben. Kannst ja mal Xerxes dazu befragen.« Er deutete auf ihren Leibwächter, der gerade seine stählerne Pfote polierte.

»Aber wenn sie diesmal nicht die richtige Festplatte bringt, ist sie erledigt, sonst bist du mich los, hörst du?«

Don Katzino suchte noch nach einer passenden Replik, als ein getigerter Kater mit listigen Augen den Raum betrat. Seine rechte Vorderpfote steckte in einem Mullverband. Im Maul trug er die Zeitung.

»Da bist du ja endlich, Karlito!«, rief Don Katzino.

Der Kater legte seinem Onkel und Minki die Abendausgabe der *Bellt-Zeitung* hin: Es handelte sich um einen winzigen Zwergpudel, der nun zitternd im Raum stand und dessen

Augen sich beim Anblick von Minki und Don Katzino vor Schreck weiteten.

»Tut mir echt leid, Onkelchen. Bin leider nicht mehr so flink wegen dieser ...«

»Schmerzt es noch arg?«, unterbrach ihn Minki mitfühlend.

»Ein wenig«, sagte Karlito und hob wie zum Beweis seine bandagierte Pfote. »Aber das wird schon wieder. Für meine Verwandten im Dschungel wäre das nicht mal ein Kratzer.«

»Fängst du schon wieder mit diesem Tiger-Quatsch an?«, entfuhr es Don Katzino.

»Aber Onkelchen! Du kennst doch die Geschichte von meinem Urgroßvater Shir. Seine Flucht aus dem Münsteraner Allwetterzoo ist legendär! Seither fließt das Blut der Wildnis in unseren Adern!« Während der schmächtige Kater das sagte, plusterte er sich auf und imitierte dann ein Brüllen, das mehr wie die Laute eines Sterbenden klang. Don Katzino schüttelte nur den Kopf und angelte mit der Pfote zwei kleine Leckerlis aus einem Fach seines Schreibtischs, die er seinem Neffen hinwarf. Dieser schlang beide gierig herunter.

»Grrr, nur zwei? Beim letzten Mal hast du mir fünf gegeben!«

»Da warst du aber auch pünktlich mit der Zeitung, Kleiner.«

»He, ihr beiden! Das müsst ihr hören!«, warf Minki ein, die sich in der Zwischenzeit mit dem Zwergpudel unterhalten hatte. Dieser drehte sich schüchtern in Don Katzinos Richtung und bellte mit bebender Stimme:

VOM SCHNÜFFLER ZUM KILLER – WATSON HINTER GITTERN

Die Polizei verhaftete am Dienstag den Kater Herbert Louis Jeremia Korbinian Watson im Zuge ihrer Ermittlungen in einem grausamen Mordfall. Watson, bekannt als Assistent der Detektivin Miez Marple, soll in der Nacht von Sonntag auf Montag den Musikproduzenten Schnurrjenko ermordet haben. Die kaltblütige Tat soll er mit einem Föhn begangen haben. Der Tote war unter anderem der Produzent des allseits beliebten und seit mehreren Tagen vermissten Schlagerstars Florian Silberschweif. Ob Watson mit dessen Verschwinden zu tun hat, ist zu diesem Zeitpunkt noch nicht bestätigt. Miez Marple war für eine Stellungnahme bisher nicht anzutreffen...

Die Meldung ging noch weiter und erörterte auf recht tendenziöse Weise die Frage nach Miez Marples Untätigkeit in den letzten Jahren und ob man in dieser Stadt überhaupt noch jemandem trauen konnte.

»Miez Marple? Die berühmte Katzendetektivin?«, fragte Karlito fast schon ehrfürchtig.

Don Katzino schnaubte. Mehr als einmal hatte Miez Marple ihm und Minki in der Vergangenheit ein gutes Geschäft versaut, das würde ihm nicht noch einmal passieren.

»Das erfordert natürlich Maßnahmen unsererseits«, stellte Minki nüchtern fest. »Die Marple wird alles tun, um die Unschuld von ihrem Watson-Lover zu beweisen. Früher oder später könnte uns das Probleme bereiten.«

Don Katzino fauchte, und sein Schwanz wurde buschig: »Bravo, Minki! Willst du vielleicht noch ein paar Dinge aufzählen, die genauso offensichtlich sind? Wie wäre es mit ›der Himmel ist blau‹ oder ›Kartons sind gut zum Schlafen‹?!«

Während Minki ihm beleidigt ihr Hinterteil zudrehte und schwieg, mischte sich jemand Drittes überraschend in das Gespräch ein. »Boss, *ich* könnte mich doch um diese Schnüfflerin kümmern ...« Xerxes hatte seine Reinigungsarbeiten beendet und hob demonstrativ seine Stahlkralle, worauf der Zeitungspudel zusammenzuckte und leise zu winseln begann.

»Gar nicht so üble Idee, Xerxes! Wir können uns jetzt nicht erlauben, dass uns diese Möchtegernermittlerin auf der Nase herumtanzt. Vielleicht ist es an der Zeit, ihr ein für alle Mal zu zeigen, dass sie sich besser aus unseren Angelegenheiten raushält.«

»Ja, Onkelchen! Machen wir sie kalt!«, warf Karlito begeistert ein.

»Verschwinde, du Nichtsnutz«, fauchte Katzino. »Solltest du nicht unten bei den Gästen sein?«

Karlito deutete eine Verbeugung an und verschwand blitzschnell über die Treppe. Der Zwergpudel folgte ihm. Don Katzino wandte sich indes seinem Leibwächter Xerxes zu. Er musterte den muskulösen Kater, der ihm noch immer den pelzigen Hintern gerettet hatte. Dann sagte er gebieterisch: »Sag mir, wenn der Job erledigt ist.«

Xerxes nickte. Ohne ein weiteres Wort zu verlieren, verließ er den Dachboden. Minki sah derweil aus dem Fenster und verfolgte aus dem Augenwinkel eine Entenfamilie auf dem

Kanal. Eines der Küken schwamm etwas abseits der Gruppe, woraufhin es von der Strömung mitgerissen wurde. Es quakte nach der Mutter, während es strampelnd davontrieb. Minkis linkes Ohr zuckte. Das tat es immer, wenn eine Sache kurz davorstand, den Bach runterzugehen.

ACHT

Die Zelle war so eng, dass er sich darin kaum bewegen konnte. Alle seine Gliedmaßen schmerzten. Aufgrund der hohen Auslastung in der Untersuchungshaft hatten die Polizisten ihn in einen Nagerkäfig gesperrt. Die ganze Nacht über hatte er kein Auge zugetan, weil das Metall des integrierten Hamsterrads ihm in den Hintern stach. Es war nicht sein erstes Mal. Er war schon häufig im Gefängnis gewesen. Natürlich immer auf der anderen Seite der Gitter. Aber auch, als er hier mit Miez Marple Verdächtige verhört oder geschnappte Ganoven abgeliefert hatte, war ihm bewusst gewesen, dass dieser Ort der Vorhof der Hölle war.

Die Käfige waren an den Seiten mit schwarzem Stoff verhängt, sodass man nur vorne herausblicken konnte. Sein linker Nachbar, so viel hatten seine mühevollen Kontaktaufnahmeversuche ergeben, war offenbar ein Igel, der eine Fressschale-Filiale überfallen hatte. Er hatte sich bei der Verhaftung zusammengerollt und auf diese Weise eine Beamtin und zwei Zivilisten verletzt. Rechts von ihm war in unregelmäßigen Abständen Kreischen und Fiepen zu hören, ein Geräusch, das keinem lebendigen Wesen zuzuordnen war.

Gegenüber seiner Zelle befanden sich die Nasszellen. Die Beamten hatten das Aquarienlicht über Nacht angelassen. Offiziell hatten sie es »vergessen«, aber natürlich war das Wachhalten von Gefangenen eine altbekannte Zermürbungsmethode, vor allem in der Katzenwelt.

Watson ging noch einmal seine Möglichkeiten durch: Entweder Miez Marple schaffte es, ihn hier zu besuchen und mit ihm gemeinsam einen Plan zu schmieden, oder er musste selbst hier herausfinden. Das Problem an Plan eins: Anscheinend wurde niemandem das Recht auf Besuchszeit eingeräumt. Eine weitere Strategie, um die Insassen gefügig zu machen. Er hatte bereits nach einem Anwalt verlangt, doch das hatte niemanden interessiert. Und wer wusste schon, ob die Wachen Miez Marple überhaupt zu ihm vorlassen würden. Außerdem wimmelte es in dem gesamten Gebäude von Wanzen. Genau in diesem Moment konnte er ein stattliches Exemplar an den Deckengittern entlangkrabbeln sehen. Als die Wanze merkte, dass er sie beobachtete, grinste sie und verschwand.

Also befasste er sich mit Plan zwei. Ausbrechen. Gerade überlegte er, ob sich aus den Drähten am Hamsterrad ein Dietrich für das Schloss basteln ließe. Denn so geschickt wie Miez Marple war er mit seinen Krallen noch lange nicht. Ungünstigerweise tauchte in diesem Moment ein uniformierter Kater direkt vor seiner Zelle auf. Es war der hagere Blaze, der ihn am Vortag abgeführt hatte.

»Na, kleiner Watson? Gut geschlafen?«, fragte Blaze.

Watson bemühte sich, höflich zu bleiben. »Danke der Nachfrage. Mir ist durchaus bewusst, dass die räumlichen Kapazitäten der hart arbeitenden Exekutive in Zeiten wie diesen ausgereizt sind, und so habe ich mich mit den Umständen ... arrangiert.«

Blaze feixte. »Hältst dich wohl für clever, was? Wollen doch mal sehen, ob du noch so geschwollen daherredest, wenn der Kommissar mit dir fertig ist. Und jetzt tritt von der Tür zurück!«

Watson musste ein nervöses Auflachen unterdrücken. Es war ihm schlicht unmöglich, in diesem Käfig auch nur einen Schritt zurückzutreten, doch Blaze bestand darauf. »Was hab ich gesagt, Insasse? Zurücktreten! Willst mich wohl attackieren wie den armen Menschen, den du auf dem Gewissen hast, was?«

Da Watson wusste, dass ihm Widerspruch gegen polizeiliche Willkür an dieser Stelle nur zusätzlichen Ärger einbringen würde, verzichtete er vorerst darauf und quetschte sich, so gut es ging, an die hintere Käfigwand.

»Geht doch«, schnaubte Blaze und schob mit der Pfote den Riegel auf. »Und jetzt Abmarsch! Der Kommissar freut sich schon auf euer Rendezvous.«

Das Verhörzimmer entpuppte sich als der ehemalige Abstellraum der Zoohandlung. In einer Ecke stapelten sich einige Eimer mit einer undefinierbaren Flüssigkeit, die einen beißenden Geruch verströmte. In den Wandregalen entdeckte Watson mehrere volle Packungen *Gourmet Especial* – die legendäre Katzenleckerli-Serie der *Silbernen Pfote* mit Hummergeschmack, die aus unerfindlichen Gründen eingestellt worden war. Blaze führte ihn auf die rückwärtige Seite eines kleinen Tisches in der Mitte des Raumes.

»Viel Spaß! Wenn du brav bist, gibts bestimmt 'ne Belohnung«, sagte Blaze und nickte grinsend in Richtung der Wandregale. Kaum war er durch die Katzenklappe verschwunden, glitt der Kommissar in den Verhörraum.

»Herr Kommissar«, sagte Watson. Milky Way schwieg. Dann trat er an den Tisch heran und sah Watson direkt in die Augen. Watsons Ohren klappten nach hinten. Nach Minuten des Schweigens sagte er schließlich: »Watson! Hätte nie gedacht, Sie mal auf dieser Seite des Tisches zu sehen.«

»Geht mir ähnlich, Kommissar.«

Milky Way lachte ungelenk, wie jemand, dem man gerade erst von dem Konzept Freude berichtet hatte. »Und doch sind Sie hier. Ich habe Sie herholen lassen, weil ich da noch ein paar Fragen hätte. Es gibt da nämlich gewisse neue Entwicklungen in Ihrem Fall.«

»So?«

»Offenbar hat jemand den Musiker entführt, der von Schnurrjenko produziert und gemanagt wurde.«

»Florian Silberschweif wurde ENTFÜHRT?«

»Interessant, dass Sie sofort wussten, um welchen Musiker es sich handelt. Schnurrjenko hat meines Erachtens auch andere Künstlerinnen und Künstler vertreten.«

»Mit Verlaub, Kommissar. Silberschweif ist der Einzige mit einer nennenswerten Karriere.«

»Sind Sie ... Fan?«

»Kann ich nicht behaupten.«

»Also mögen Sie seine Musik eher nicht, richtig?«

»Nun ja, ich bevorzuge Johann Sebastian Katz und Clara Schnurrmann um Längen, weil –«

»Also kann man sagen, dass Sie Silberschweifs Musik ablehnen, ja regelrecht... hassen?«

Watson rollte mit den Augen. »Ähm, nein, natürlich nicht. Aber es ist doch kein Verbrechen, wenn man eine bestimmte Art von Musik nicht mag!«

»Kommt drauf an«, sagte Milky Way. Dann sagte er nichts mehr.

In Watson stieg Wut auf. Er wusste, dass Milky Way ihn nur provozieren wollte, und doch fühlte er sich beschmutzt. Wenn er nur nicht so müde wäre, dann würde er dieses billige Manöver einfach an sich abperlen lassen, aber nach der kräftezehrenden Nacht fiel es ihm mehr als schwer, seine Kampfeslust im Zaum zu halten. »Bitte, Kommissar, sagen Sie mir einfach, was Sie wissen wollen!«, maunzte er.

»Nun gut. Wissen Sie, wo sich Silberschweif aktuell aufhält?«

»Wie sollte ich das wissen? Ich habe gerade erst erfahren, dass er verschwunden ist.«

»Also haben Sie ihn nicht entführt?«

»Nein.«

»Bleiben Sie bei dieser Aussage? Denken Sie scharf nach!«

Watson dachte nach, doch es half nichts, und der Kommissar machte schon weiter: »Haben Sie vielleicht Komplizen, die Silberschweif gefangen halten?«

»Was?!«

»Miez Marple zum Beispiel. Ihre Gedichtbände sollen sich ja nur spärlich verkaufen. Vielleicht wollte sie sich mit einer kleinen Erpressung...«

»Sie wagen es nicht, die Katze zu verdächtigen,

die Sie dahin gebracht hat, wo Sie jetzt sind! Wie sind Sie nur so ein erbärmlicher Stümper geworden?! Ihnen ist doch ums Verrecken egal, wer hier verhaftet wird, Hauptsache, Sie kommen pünktlich nach Hause, um Ihre innere Leere mit Fertigfutter und Selbstmitleid zu füllen, Sie jämmerlicher Regelfaschist!«

Watson hob an, die Tirade fortzusetzen, doch Milky Way war schon bei der Katzenklappe. Dort drehte er sich noch einmal um: »Jammern Sie nur. Vielleicht krieg ich Sie nicht für Entführung dran, aber für den Mord an Schnurrjenko sind Sie fällig.«

Watson fluchte weiter vor sich hin und maunzte die ganze Ungerechtigkeit dieser Welt hinaus. Sie hallte von den nackten Betonwänden wider, bis nichts als Stille zurückblieb.

*

Miez Marple kratzte am Sofa. Das hatte sie schon lange nicht mehr gemacht. Nicht etwa, weil Agathe Christiansen es ihr ausgetrieben hatte, nein. Sie hatte nur einfach keinen Grund dazu gehabt. Doch nun fühlte sie sich gestresst wie lange nicht mehr. Immer und immer wieder ließ sie ihre Krallen in den Stoff gleiten und überdachte die nächsten Schritte.

Wer hatte Silberschweif entführt?

Wie hing der Mord damit zusammen?

Hing beides überhaupt zusammen?

Sie musste Watson befreien. Aber dafür brauchte sie Beweise für seine Unschuld. Die Festplatte, die sie im Tonstudio von Schnurrjenko gefunden hatte, war ihr einziger Anhaltspunkt. Sie musste die Daten auslesen.

Vorsichtig spähte sie zu Agathes Schreibtisch hinüber. Der Laptop war fast immer eingeschaltet, da die Krimiautorin zumindest äußerlich den Eindruck erwecken wollte, dass sie täglich schrieb. In Wahrheit stand sie zu diesem Zeitpunkt in der Küche. Sie war nach einem ausgiebigen Frühstück dazu übergegangen, die Arbeitsfläche zu putzen, und sortierte nun das Geschirr nach Farben. Miez Marple kannte diese Form prokrastinierenden Verhaltens aus ihren eigenen Schreibphasen. In aller Ruhe lief sie zu ihrem Korb, der gleichzeitig ihr Büro war, holte die Festplatte hervor und schlich damit zum Laptop. Nach wenigen Mausklicks – sie liebte Mausklicks! – wurde ihr bestätigt, was sie bereits vermutet hatte: Die Daten waren verschlüsselt. Sie überlegte angestrengt. Hatte Watson nicht etwas von diesem Chaos Cat Computer Club erzählt, bevor der Gute angefangen hatte, in irgendwelche Villen einzusteigen?

Sie öffnete ihren privaten Ordner, in dem sie wichtige Dokumente, Gedichtskizzen und Falldokumentationen aufbewahrte. Der vorausschauende Watson hatte einen Unterordner mit wichtigen Kontakten angelegt, die sich als hilfreich erwiesen hatten. Sie klickte sich durch virtuelle Visitenkarten von anderen Detektivinnen, von Katzen in der Politik oder wohlhabenden Industriellen, die unter »schuldet Gefallen« abgelegt waren. Sie fand sogar die erste E-Mail, die Kommissar Milky Way ihr geschickt hatte, als sie sich kennenlernten. Damals war er noch weniger ruppig und deutlich ambitionierter gewesen. Beinahe sentimental betrachtete sie die Zeilen:

»Wenn Sie etwas brauchen, melden Sie sich einfach bei mir. MW«

Sie seufzte. Schließlich fand sie, wonach sie gesucht hatte. Ein Kontakt, der erst vor wenigen Wochen erstellt worden war:

```
CCCC
10.0.3.1
IPoAC RFC 1149
```

Mehr stand dort nicht. Merkwürdig, aber es musste die richtige Karte sein. Das »CCCC« war die Abkürzung für den Chaos Cat Computer Club, aber was sollte sie damit anfangen? Sie tippte die IP-Adresse in die Adressleiste des Browsers, und nach einigen Sekunden öffnete sich eine Fehlerseite mit einem traurig dreinblickenden Emoji: »Die Website ist nicht erreichbar. 🐱«

Das wäre aber auch zu einfach gewesen! Auf gut Glück gab die Katzendetektivin die übrigen Zeichen »IPoAC – RFC 1149« in die Suchmaschine ein. Während der Browser lud – Agathes Internetanschluss war gefühlt aus dem letzten Jahrhundert –, überlegte Miez Marple weiter. Vielleicht war es ein Code? War RFC die Abkürzung für eine Straße? Rue Feline Chaussee? Oder für eine Firma? Radio For Cats? Eine dieser hippen Internetabkürzungen, die niemand außer den ganz jungen Kätzchen verstand? Roll Freaking Cheese?

Endlich hatte die Seite fertig geladen. Der erste Treffer führte zu einem Artikel in einem Online-Lexikon: *IPoAC*,

Internet Protocol for Avian Carriers«, übersetzt: InternetProtokoll mittels fliegender Träger.

Die flauschige Ermittlerin stutzte. Es handelte sich um eine Datenübertragungsmethode für Brieftauben. Wenn sie Watson retten wollte, musste sie schnellstmöglich eine Taube finden!

NEUN

»Noch einen Witz!«

»Treffen sich zwei Hunde. Fragt der eine: ›Hallo, wie heißen Sie?‹ Darauf der andere: ›Hasso vom Eichenwald ist mein Name, und mit wem habe ich das Vergnügen?‹ ›Oh, man nennt mich eigentlich immer Runter vom Sofa.‹«

»Versteh ich nicht«, knurrte Karlito und sah die Abendausgabe der *Bellt-Zeitung* böse an.

»Na ja, hehe, das ist doch schon ein Schmunzler oder nicht?«, sagte der Zwergpudel stolz, als hätte er ihn sich selbst ausgedacht.

»Aber warum sollte denn jemand so heißen? Die vom Sofas sind doch gar keine bekannte Familie!«

»Na ja, aber Witze haben doch nicht immer etwas mit der Realität zu tun. Hier geht es doch eher um das Wortspiel mit Adelstiteln…«

»Pass mal auf, du Kläffer, wenn du mir deine Witze erklären musst, dann sind das keine guten Witze! Du wirst mir jetzt noch einen erzählen und noch einen und noch einen, bis ich lache und…« In diesem Moment hörte Karlito ein beunruhigendes Geräusch. Sie saßen draußen auf der Uferterrasse der *Silbernen Pfote*. Neben ihm stand der Teller mit dem pochierten Lachs, den er sich von Sergio hatte aus der Küche kommen lassen. In einer der Eibenhecken raschelte es.

»Ist da wer?«, fragte Karlito.

Doch da war nichts, sein Geruchssinn bestätigte ihm diesen Eindruck. Er atmete aus und wandte sich gerade wieder dem Zwergpudel zu, als ihm plötzlich das Herz stockte. Seine Nackenhaare stellten sich auf, und er fauchte, noch bevor seine Augen realisiert hatten, wer da vor ihm stand.

»Hallo, Tigerchen. Wir müssen reden.«

Die Besucherin warf dem Zeitungspudel einen kurzen, finsteren Blick zu. Dieser sah zwischen der grauen Katze und Karlito hin und her und entfernte sich mit einem Winseln, so schnell ihn seine kurzen Beinchen trugen.

Karlito wich ein paar Schritte zurück, darauf bedacht, mit der bandagierten Pfote nicht zu fest aufzutreten.

»Keine Angst, Tigerchen. Ich würde dir doch nie etwas antun«, sagte die Katzenlady und schnurrte sanft und überzeugend.

»Was ... Was wollen Sie von mir? Wenn es was Geschäftliches ist, müssen Sie das mit meinem Onkel klären!«

»Aber, aber, Tigerchen. Ich bin gekommen, um mich bei dir zu entschuldigen! Das mit der Pfote tut mir unendlich leid. Hier, als Zeichen meines guten Willens.« Sie zog ein rotes Wollknäuel aus dem Gebüsch hervor, in dem etwas steckte, das sich bei näherer Betrachtung als eine Tube herausstellte. »Diese Salbe habe ich mir bei einer der renommiertesten Tierärztinnen der ganzen Stadt«, sie machte eine Kunstpause, »ausgeliehen.«

Karlito nahm das Präsent zögerlich entgegen. Er schnüffelte daran, als hätte ihm jemand ein unbekanntes Futter vorgesetzt.

»Wenn du sie drei Mal täglich benutzt, wird es deiner Pfote im Nu besser gehen.«

Schweigend betrachtete er das Knäuel. Die Fäden waren noch komplett geordnet und aufgerollt. Bei genauerem Hinsehen wurde ihm klar, wie fein die Fasern miteinander verwoben waren. Das war keine ordinäre Wolle – das war roter Kaschmir aus dem Hochgebirgsraum des Vorderen Himalayas. Er wusste, dass Minki früher solche Knäuel für die reichsten Katzen der Stadt besorgt hatte und dafür fürstlich entlohnt worden war. Sie wurden häufig als Geschenke verwendet. Doch hin und wieder dienten sie auch als Vorauszahlungen für große Aufträge, wenn das virtuelle Verschieben von menschlichem Geld nicht ausreichte, um Probleme zu lösen. Das hier war ein kleiner Schatz! Er wollte gerade die Pfote nach den verlockenden Fäden ausstrecken, als die Brandwunde an seiner Pfote heftig zu pochen begann. Mit einem Mal dämmerte ihm, was hier gespielt wurde. Langsam, aber bestimmt entfernte er sich von dem Knäuel.

»Was soll das, bitte?«, brachte er mühevoll hervor, froh, dass seine Stimme nicht zitterte. »Sie und ich – das ist keine Geschäftsbeziehung. Bitte nehmen Sie das…«, an dieser Stelle musste er kurz schlucken, »wieder mit. Sprechen Sie besser direkt mit meinem Onkel!«

»Aber, aber Tigerchen. Du bist doch ein großer Kater, oder etwa nicht? Hast du mir nicht mal erzählt, dass du es leid bist, für deinen Onkel immer nur – wie hast du es noch genannt?«

»Das Gewölle wegzuräumen«, platzte Karlito heraus und erschrak darüber, wie leicht ihm diese Indiskretion von der Zunge ging.

»Das Gewölle wegzuräumen. Genau! Das hat mich tief berührt, musst du wissen. Wir alle träumen von großen Dingen. Ich habe *meine* Pläne. Und *du* willst doch eines Tages das Geschäft von deinem Onkel übernehmen, oder nicht?«

»Ja sicher, aber –«

»Das ist doch toll! Aber wie willst du das machen, wenn du keine eigenen Erfahrungen mitbringst?«

Karlito sah auf das verheißungsvolle seidene Knäuel, dann putzte er seine unverbundene Pfote. Wieder musste er an seinen Urgroßvater Shir denken. An all die Heldentaten, die man sich von ihm erzählte. Einmal, so hieß es, sei er nachts heimlich in das Tropenaquarium gestiegen, um einen Alligator zu verprügeln. Karlito schwieg versonnen und sagte schließlich: »Sie haben vermutlich recht.«

»Siehst du, Tigerchen! Hab ich's doch gewusst. Und ich verspreche dir, dass das hier«, und sie deutete auf das Knäuel, »nur der Anfang ist.«

»Äh, ich hab da aber noch 'ne Frage.«

»Alles, mein liebes Tigerchen! Sag, wonach dein Herz sich sehnt!«

»Wie soll ich Sie denn nennen? Mein Onkel hat mir nie Ihren Namen verraten.«

Die Graue lächelte. »Das«, sagte sie, »wird sich sicher bald ändern. Vertrau mir. Du kannst mich Lady McPointer nennen. Und nun verzeih, Tigerchen, ich muss mich um ein paar Dinge kümmern. Komm heute Abend in das Lagerhaus, dann erkläre ich dir alles Weitere.« Mit diesen Worten hüpfte sie auf die Uferbalustrade und verschwand in der Hecke dahinter.

Erst jetzt fiel Karlito auf, dass das Pochen aus seiner Pfote verschwunden war. Und nicht nur das: Sie hatte wie von selbst angefangen, mit dem seidigen Knäuel zu spielen.

*

In Florian Silberschweif tobte ein Kampf. Ein Kampf zwischen dem nagenden Hunger und dem schieren Ekel vor dem, was ihm der impertinente Hahn vorgesetzt hatte. Er hatte es versucht. Hatte sich vorgestellt, vor ihm lägen die köstlichsten Speisen. Er hatte sich zarte Doradenfilets mit Süßkartoffelstampf vorgestellt, den Duft von Huhn-Reis-Medaillons mit Brokkolispitzen. Hatte dann mit geschlossenen Augen vorsichtig an der breiigen Paste aus zerstampften Mehlwürmern geleckt. Angestrengt hatte er an sein letztes Essen aus der *Silbernen Pfote* zurückgedacht. Schnurrjenko hatte ihm einen besonderen Leckerbissen mitgebracht: Krabben mit süßer Sahne und Magerquark und Lammtortillas mit Rahmsauce. Vor seinem geistigen Auge konnte er den Napf aus feinstem englischen Porzellan sehen. Beinahe roch er die raffinierte Würze der Speisen der Haute Cuisine, die seine Sinne kitzelten. Doch kaum kam seine Zunge auch nur in die Nähe der widerlichen Substanz, zerfielen diese kulinarischen Illusionen zu Staub. Sein Magen rebellierte und ließ ihn einen länglichen Haufen aus Schleim und Haaren hervorwürgen.

Viel länger würde er das hier nicht aushalten. In seinem Hungerwahn hatte er angefangen, halbe Songs in die Bretter zu kratzen. Vielleicht würde daraus nach dem Auffinden seiner sterblichen Überreste ein letzter Hit zu seinem Andenken komponiert werden? Er sinnierte gerade über seinen Abgesang, als er lautes Gegacker aus der Scheune vernahm.

»Claudius! Na endlich, da bist du ja wieder! Hast du zwischendrin ein Ei ausgebrütet, oder warum hat das so lang gedauert?«

»Schnabel halten, Cäsar! Wir stecken alle ganz schön in der Gülle!«

»Wieso, was ist passiert? Pooock. Sag nicht, dieser verweichlichte Katzenkommissar hat dich erwischt!«

»Der? Gaaack, der ist doch froh, wenn er es nach Feierabend überhaupt noch die Treppen runterschafft, ohne zu hecheln wie ein Hund.«

Florian Silberschweif sah durch den Spalt. Die beiden standen so nah, dass er ihre aufgeplusterten Gestalten gut erkennen konnte.

»Mich hat so eine, gaack, Katze abgefangen. Vollkommen durchgeknallt war die. Gaack. Ich schwöre, bei der hättest du dir auch die Federn vollgemacht!«

»Was wollte die denn? Poock!«

»Sie hat gefragt, ob ich im Haus noch wen gesehen hätte.«

»Und?«

»Hab ihr erzählt, dass da diese Detektivin drin war, gaack. Trug irgendwas im Maul, als sie wieder raus ist. Hats geschafft, die Alarmanlage zu umgehen. Ga-ga-ga-gaack.«

»Detektivin?! Das sagst du erst jetzt?! Pock!«

»Um die müssen wir uns keine Sorgen machen. Die hat nämlich ganz andere Sorgen. Ein Spatz meinte heute, dass ihr Kollege hinter Gittern sitzt.«

»Gack-Gack? Und das wollte diese Streunerin wissen? Nicht, was *du* da gemacht hast?«

»Ich schwör dir, die war komplett in ihrem eigenen Film. Pock. Voll von der Stange gefallen.«

»Ja, Pock, und? Hat sie dich vermöbelt?«

»Nee, die hat wohl gesehen, dass sie mir nicht gewachsen ist, und ist dann weg. Aber sie weiß, dass ich auch da war.«

»Na und? Sie ist ja offensichtlich nicht von der Polizei, oder?«

»Gack, glaube nicht.«

»Na, dann lass uns einfach aufpassen, dass sie uns nicht noch mal in die Quere kommt. Ansonsten kann die Mieze sich gern mit meinen Krallen unterhalten. Gack! Den Brief hast du aber platziert wie geplant, oder?«

»Was glaubst du denn? Bin doch kein dummes Huhn!«

»Pock! Perfekt. Das sollen die Miezen mal schön unter sich ausmachen. Wir haben andere Pläne. Und wenn das alles funktioniert, Pock, ist der Katzengrasbaron schneller aus dem Geschäft, als er Miau sagen kann.«

»Pock! Du sagst es. Dann hat er zum letzten Mal einen unserer Brüder auf dem Silbertablett serviert bekommen. Dann heißt es: Adios, Katzino! Wo ist eigentlich Nero, dieser Schlappkamm?«

Eine dritte krächzende Stimme meldete sich von draußen vor der Scheune. »Fuuuutteerrr! Gack-Gack Gack!«

Sofort stimmten Augustus und Cäsar mit ein:

»Fuutter! Gack-Gack!«

»Gack, Futter, Gaaaack!«

Da dämmerte es Florian Silberschweif: Natürlich! Futter fiel ja nicht vom Himmel. Es musste auf diesem Hof auch mindestens einen Menschen geben! Wenn ihn überhaupt jemand retten konnte, dann ein Mensch, denn mit Menschen konnte er gut. Doch erst musste er sich stärken. Er seufzte, atmete einmal tief durch und begann zu fressen.

*

Miez Marple steuerte geradewegs den Hauptplatz an, der als größter Taubentreffpunkt der Stadt galt. Ihr fiel die Fressschale-Filiale ins Auge. Hier sollte am morgigen Tag die Lösegeld-Übergabe mit den ominösen Silberschweif-Entführern stattfinden. Sie hatte den Platz schon fast zur Hälfte überquert, als sie einen Pulk Tauben sah, der sich über ein heruntergefallenes Croissant hermachte. Vorsichtig näherte sie sich der gurrenden Masse, den Schwanz wedelnd in die Höhe gestreckt, um ihre freundliche Absicht zu signalisieren. Sie hörte Picken und Gurren und sah Krümel durch die Gegend fliegen. Doch dann schaute eine der Tauben auf, drehte den gefiederten Kopf, ließ ihn nach vorn schnellen, trippelte einen Schritt, wiederholte das Ganze und schrie dabei: »Abbruch, Abbruch! Hinterhalt!« Unter lautem Flattern setzte sich der gesamte Schwarm in Bewegung. Eine der Tauben hatte es geschafft, ihren Kopf durch das Croissant zu bohren, und trug es wie einen Halsschmuck mit in die Lüfte.

»Wartet doch!«, rief Miez Marple, doch es war zu spät. Von

den Tauben blieben nur ein paar Daunen zurück, die auf sie herabregneten.

Eine Gruppe sehr junger Menschen rannte schreiend über den Platz. Diese Art Zweibeiner war mit Abstand die anstrengendste. Sie hielten braune Papierbeutel in den Händen, aus denen es nach Frittiertem roch. Widerlich.

Gerade wollte sie umdrehen, um nach kommunikativeren Tauben Ausschau zu halten, da registrierte sie eine Bewegung unter einer der Parkbänke. Ein Schatten, dort! Sie hätte schwören können, einen Kater gerochen zu haben. Doch da war nichts. Alles, was sie wahrnahm, waren die fettigen Speisen der Menschenkinder. Sie trottete weiter, vorbei am großen Brunnen in der Mitte des Platzes. Immer wieder warf sie ihren Kopf zur Seite, um zu sehen, ob sie verfolgt wurde. Doch dann, in einem kurzen Moment der Unachtsamkeit – gerade hatte sie eine weitere vielversprechende Taubengruppe erspäht –, wurde sie von hinten attackiert. Ein gleißender Schmerz durchfuhr sie. Sie wirbelte mit ausgefahrenen Krallen herum und fauchte. Ihr flauschiger Körper war sofort im Nahkampfmodus. Es gelang ihr gerade noch, einem weiteren Hieb ihres Angreifers auszuweichen. Sie machte einen Satz nach hinten, ging auf Distanz. Große blaue Augen starrten sie an. Der Angreifer war riesig, fast doppelt so groß wie sie selbst, er hatte kurzes graues Fell, und sein wütendes Gesicht erinnerte an Wolken über der stürmischen See. Über dem Nasenrücken verlief eine Wunde, die frisch aussah. Erst jetzt bemerkte die Detektivin, dass eine seiner Klauen eine Prothese war: ein martialisches Gebilde aus poliertem Stahl mit sechs Widerhaken an seinem Ende. Ein Instrument, das einem einzigen Zweck diente: möglichst viel Schaden anzurichten. Das war kein Kampf, den sie gewinnen konnte. Sie wich weiteren Hieben aus und sprang auf den Rand des Brunnens. »Wer bist du, und was willst du?«, fauchte sie, doch ihr Angreifer ließ sich nicht aus der Ruhe bringen. Seine Augen waren mittlerweile schwarz, das Blau nur noch ein unheimlicher Schimmer um die Pupillen. Mit einem gewaltigen Satz war er neben ihr auf dem Brunnenrand. Miez Marple wich zurück. Blut sickerte in ihr Fell, die Kräfte verließen sie. Nach einem erneuten Hieb des Katers, den sie nur schlecht parieren konnte, geriet sie ins Straucheln. Die Welt verschwamm vor ihren Augen. Sie rutschte mit den Hinterpfoten weg und fiel seitwärts in das Brunnenbecken. Ein kalter Schock durchfuhr sie. Unfähig, sich zu bewegen, sank sie hinab. Das Letzte, was sie sah, waren die peitschenden Hiebe der mächtigen Klaue auf der Wasseroberfläche. Dann verschwand die Welt.

ZEHN

Watson musste lachen. Er konnte nichts dagegen tun. Es lag nicht am madigen Katzenfutter. Es war auch nicht die Müdigkeit, obwohl Blaze und Blümchen dafür gesorgt hatten, dass er wieder kein Auge hatte zutun können. Er kicherte, prustete und schrie, dass die Gitterstäbe zitterten. Seine gesamte Situation – eingesperrt zwischen lauter Kriminellen – war einfach ein schlechter Scherz des Schicksals. Sein halbes Leben hatte er darauf verwendet, mit Miez Marple die Stadt zu einem besseren Ort zu machen. Dass dies der Stadt herzlich egal war, war eine Pointe, die ihn nun kalt erwischte. Er dachte an all die Bücher, die er gelesen hatte. Bücher voller Dramatik und Schwere. Geschichten, die versuchten, das große Knäuel des Lebens zu entwirren: *Die Katze ohne Eigenschaften* von Robert Miausil oder *Hamlet* – die Menschenversion des Klassikers *Der König der Löwen*. In diesen Texten wurde von Hoffnungen und Träumen erzählt, die auf grausame Art zerschlagen wurden. Genau darin lag ja auch eine gewisse Freude. Zu sehen, wie sich die Figuren nicht einfach mit ihrem Schicksal abfanden, sondern mit der Hoffnung auf Besserung einen Tag nach dem nächsten bestritten – auch wenn ihre Lage aussichtslos war. Tragödie und Komödie waren nur zwei Arten, die kalte Welt zu ertragen. Und gerade schien ihm ein gellendes Lachen der einzig angemessene Kommentar zu seinem Dilemma.

»Krieg dich mal wieder ein, sonst komm ich rüber, da wird dir deine gute Laune schon vergehen«, schrie jemand. Es war der gewaltbereite Igel aus der linken Nachbarzelle. Er hatte sich schon mehrmals über Watson beschwert.

»Watson, Schluss jetzt mit dem Gejaule!«, sagte Blaze, der vor seiner Zelle aufgetaucht war.

»Wollen Sie mir nun auch das Lachen verbieten, Blaze? Ich bin nicht sicher, ob Ihre Befugnisse da ausreichen ...«

Blaze grinste. »So, so, wir wollen also Spielchen spielen, Gefangener?«

»Er soll endlich die Schnauze halten! Sag ihm das, oder ich stopf ihm das vornehme Maul!«

Blaze wandte sich sogleich dem stacheligen Beschwerdeführer aus der Nachbarzelle zu. Doch anstatt ihn zurechtzuweisen, konnte Watson hören, wie Blaze anfing, mit ihm zu diskutieren. Plötzlich sprang der Polizist ohne jede Vorwarnung auf Watsons Käfig.

»Ich habe mir gedacht: Wenn Sie schon so ein Spaßvogel sind, Watson, dann sollten wir alle was davon haben!« Mit diesen Worten zog Blaze das Tuch, das zwischen den Käfigen hing, nach oben. Durch die Gitterstäbe sah Watson in das hasserfüllte Gesicht seines stacheligen Nachbarn. Als Nächstes zog Blaze die Gitterwand hoch, die die beiden Zellen getrennt hatte.

»Und nun spielt schön!«, sagte er und lachte gehässig.

Watson hörte die Anfeuerungsrufe der anderen Insassen. Selbst die Wanze hatte sich wieder vorgewagt und beobachtete das Geschehen, wenn auch aus sicherer Entfernung. Der Igel schnaubte und buckelte, sodass seine Stacheln noch imposanter wirkten.

Wenn Miez Marple ihn nicht bald hier rausholte, dann würde seine Geschichte definitiv als Tragödie enden, dachte Watson noch. Wie schade.

*

Als er das Lagerhaus betrat, musste er kurz blinzeln. Seit seinem letzten Besuch vor zwei Tagen hatte sich hier einiges verändert. Zwischen den abgedeckten Maschinen befanden sich mehrere Stahltische mit kurzen Beinen. Er hatte diese Art von Möbelstück mal in einem Sushi-Restaurant gesehen. Ihm schauderte bei dieser Erinnerung. Minki hatte ihn und Xerxes während seiner Ausbildung dorthin geschickt, mit dem Auftrag, so viel Sashimi wie möglich zu stehlen. Alles war nach Plan gelaufen, bis einer der Köche unerwarteterweise früher von seiner Raucherpause zurückkam. Xerxes angelte gerade nach einem besonders schmackhaften Stück rohem Lachs, als ihn das Fischmesser erwischte. Es war so scharf, dass es völlig geräuschlos durch die Vorderpfote des Katers glitt und sie sauber abtrennte. Xerxes' Schmerzensschrei hatte Karlito noch viele Wochen danach bis in seine Träume hinein verfolgt.

Er wischte sich mit der Pfote über das Gesicht, um dieses Erlebnis wieder in die hinterste Ecke seines Gedächtnisses zu verbannen, und sah sich die Tische genauer an. Statt glänzendem Lachs und Sojasoße befanden sich andere Dinge drauf: Reagenzgläser, Petrischalen, Mikroskope und allerhand Gerätschaften, die er noch nie zuvor gesehen hatte. Zwischen den Tischen huschte eine Katze hin und her. Sie trug einen umfunktionierten Müllsack als Laborkittel.

»Tigerchen!«

Erschrocken fuhr er herum.

»Wie schön, dass du gekommen bist!« In respektvollem Abstand hatte sich die graue Katzenlady ihm gegenübergesetzt.

Sie war ihm noch immer nicht ganz geheuer, aber immerhin verspürte er nicht mehr das Bedürfnis, fauchend davonzulaufen.

»Natürlich, Lady! Ein Tiger steht zu seinem Wort.«

Lady McPointer lächelte.

»Dann lass uns keine Zeit verlieren. Komm, ich muss dir jemanden vorstellen.«

Sie führte ihn zu der Katze im Laborkittel. Sie hatte rötliches, buschiges Fell und leuchtend grüne Augen und wirkte etwas fahrig, aber das konnte auch damit zusammenhängen, dass Lady McPointer direkt neben ihr stand.

»Das hier«, sagte seine Auftraggeberin, »ist Fluffy Schrödinger. Sie ist eine der brillantesten Forscherinnen auf dem Gebiet der molekularen Biotechnologie. Eine direkte Nachfahrin der berühmten Agnes Schrödinger, die von diesem wahnsinnigen Physiker in eine Box mit Blausäure gesperrt wurde.«

»Ich erinnere mich an den Vorfall«, sagte Karlito. »Mein Onkel hat davon erzählt. Ein richtiger Skandal. Bei den Menschen heißt es noch heute, es sei ein reines Gedankenexperiment gewesen.«

»Ganz genau, Tigerchen. Aber natürlich war es das nicht. Fluffy, erzählen Sie meinem reizenden neuen Assistenten doch, woran Sie gerade arbeiten. Wären Sie so gut?«

Fluffy Schrödinger räusperte sich und legte los: »Okay: Was wissen Sie über Toxoplasma gondii?«

Karlito guckte wie ein Kätzchen, dem man sein Spielzeug weggenommen hatte. Fluffy lachte amüsiert und fuhr dann fort: »Toxoplasma gondii ist ein protozoischer Parasit, der sich im Katzendarm vermehrt. Schauen Sie mal hier!«

Sie deutete auf ein Mikroskop auf einem der Tische. Zögerlich sah Karlito durch die Linse hindurch und erblickte kleine bogenförmige Wesen, die sich in einer Nährflüssigkeit bewegten. Instinktiv wollte er danach hauen, doch er traute sich nicht.

»Für uns Katzen sind diese kleinen Lebewesen weitgehend ungefährlich«, fuhr Fluffy fort. »Für andere … weniger.«

Mit diesen Worten zog sie mit dem Maul ein weißes Tuch von einem Käfig. Darin saß eine appetitliche weiße Maus. Karlitos Pupillen weiteten sich, er begab sich sofort in Lauerposition.

»Warte bitte einen Moment, Tigerchen«, sagte Lady McPointer streng. »Das Beste kommt noch.«

Da erst fiel Karlito die geöffnete Käfigtür auf. Seltsam: Die Maus machte keinerlei Anstalten davonzulaufen. Im Gegenteil. Sie sah ihn mit großen Augen an und sagte: »Oh hallo, hihi, wen haben wir denn da? Du siehst aber lieb aus, willst du mit mir spielen?«

Karlito war irritiert. Alle Mäuse, die er in seinem Leben getroffen hatte, waren vor ihm davongelaufen oder hatten etwas gerufen wie: *HILFE!!! AAAARGGGH. NEIN. FRISS MICH NICHT. ICH HABE ACHT KINDER ZU ERNÄHREN! AAAAH. HILFE. DIESE SCHMERZEN!* Doch diese Maus kam sogar aus dem Käfig raus und schnüffelte interessiert an Karlitos ausgestreckter Pfote.

»Du bist ja eine tolle Katze! Wollen wir Freunde sein?«, fragte die Maus.

Karlito blickte ungläubig in die strahlenden Mäuseaugen. Da war keine Furcht, keine List, nur aufrichtige Zuneigung.

»Der Kater spielt später mit dir, geh jetzt zurück in den Käfig, damit ich dich wieder zudecken kann«, sagte Fluffy.

»Au ja! Verstecken spielen!«, rief die Maus und lief schon zurück in den Käfig. »Huiiii«, hörte Karlito sie rufen, als Lady McPointer das Tuch wieder darüber warf.

»Und so wirkt der Parasit bei anderen Lebewesen«, setzte Fluffy ihren Vortrag fort. »Er kapert Zellen im Körper des Wirts und gelangt so bis in sein Gehirn. Dort kann er gezielt das Verhalten beeinflussen.«

»Ist das 'ne Art Krankheit, die Sie erschaffen haben?«, fragte Karlito völlig perplex.

»Nein, erschaffen haben wir sie nicht. Toxoplasma gondii ist seit Jahren bekannt. Die Menschenprofessorin, bei der ich zuvor lebte, hat auf diesem Gebiet geforscht. Aber du musst wissen, dass Menschen es mit der Wissenschaft häufig nicht so genau nehmen.«

»Das stimmt leider«, bekräftige Lady McPointer. »Es gibt beispielsweise Zweibeiner, die heute immer noch versuchen, das Konzept von Rassen bei uns Katzen auf Menschen zu übertragen, obwohl es biologisch völlig unsinnig ist. Stell sich das einmal einer vor!«

Fluffy fuhr fort: »Ich habe den Erreger in den letzten Monaten genau studiert und modifiziert. Aber um seine Wirkung zu erforschen, benötigen wir ein neues Testobjekt.«

»Und ich soll euch wohl die Mäuse beschaffen?«, vermutete Karlito.

»Aber Tigerchen! Ich habe dir doch versprochen, dass du bei mir keine niederen Aufgaben mehr erledigen musst. Nein, diese Probe hier ist für ein menschliches Testobjekt gedacht.«

Sie hielt ihm ein Reagenzglas hin.

»Das bitte brav trinken.«

»Und dann?«

»Na ja. Du weißt doch, wo diese Katzendetektivin wohnt, oder?«

Karlito nickte.

»Dann kennst du sicher auch diese Krimiautorin, die seit Jahren kein Buch mehr veröffentlicht hat. Kratz an der Tür und lass dich von ihr hereinbitten. Der Rest wird wie von selbst geschehen.«

»Cool«, sagte Karlito, obwohl sich jetzt sein Fluchtreflex bemerkbar machte. Andererseits leuchteten Lady McPointers Augen schon wieder so anziehend rötlich.

»Und, Tigerchen: Falls du dort die Festplatte findest, bring sie doch gleich mit!«

Er nickte gehorsam und kippte die Flüssigkeit aus dem Reagenzglas in einem Schluck hinunter.

ELF

»Und? Glaubst du, sie schafft es?«

»Schwer zu sagen, ich werde mal das Orakel befragen.«

Der leblose weiß-schwarze Körper bewegte sich und gab ein klägliches Miauen von sich.

»Oh, oh, stillgehalten! Bewegung ist in diesem Zustand wirklich nicht angeraten.«

Miez Marple öffnete die Augen, die ihr gegen ihren Willen gleich wieder zufielen. Allem Anschein nach war sie in einem Gebäude. Aus den Augenwinkeln sah sie flackerndes violettes und grünes Licht. Sie lag bäuchlings auf einem Tisch. Ihre Flanke tat höllisch weh. Als sie versuchte, an der Wunde zu lecken, zuckte sie irritiert zurück. Dort klebte ein rundes Stück Plastikfolie. Wie viel Zeit war vergangen? Ihrem Fell nach zu urteilen, das einigermaßen trocken war, mussten es Stunden gewesen sein. Panik fuhr ihr in die Glieder.

»Wie viel Uhr ist es, bitte?«, fragte sie und versuchte sich aufzurichten. Ihre Beine waren wackelig. Doch schließlich schaffte sie es und stand nun Auge in Auge mit einer graugefiederten Gestalt – einer Taube! Diese zuckte unruhig mit dem Kopf und rief dann sichtlich nervös: »Berti, komm mal! Sie ist erwacht!«

Augenblicklich hörte Miez Marple ein Gurren, gefolgt von Flügelschlägen. Der herbeigerufene Berti, der direkt neben der anderen Taube landete, trug etwas im Schnabel, das nach einem Bonbon aussah. Es war in eine rot glänzende Metallfolie mit goldenen Schriftzeichen gewickelt und knisterte sehr unterhaltsam. Miez Marple mochte knisternde Dinge. Knisternde Dinge bedeuteten eigentlich immer etwas Gutes: Leckerlis, Spaß oder beides.

Berti legte das folierte Objekt ab und schob es der Ermittlerin zu. »Machen Sie doch mal auf und schauen Sie, was drin ist!«

»Berti, jetzt hetz sie doch nicht so«, sagte die erste Taube und fuhr mit sanfter Stimme fort: »Ich bin übrigens Betti. Willkommen im Orakel der Tausend Kugeln.«

Die Katzendetektivin ließ ihren Blick durch den Raum gleiten. Durch die Jalousien vor den bodentiefen Fenstern fiel in Streifen Licht von der Straße herein. Es musste sich um ein ehemaliges Restaurant oder Café handeln. Auf den Tischen befand sich eine dicke Staubschicht. Hier und da entdeckte sie Vogelkot. Es gab auch eine Theke und darüber eine beleuchtete Tafel mit Bildern von Plastikbechern mit farbenfrohen Getränken, in denen bunte Perlen schwammen. »Bubble Heaven« stand in Neonlettern darauf geschrieben. Ein Wackelkontakt sorgte für ein gespenstisches Flackern, begleitet von einem elektrischen Summen.

»Was ist das für ein merkwürdiger Ort?«, wandte sich Miez Marple an Betti und Berti.

»Der wohl Letzte seiner Art«, sagte Berti betreten.

»Die goldene Ära ist vorbei«, ergänzte Betti.

»Goldene Ära?«, fragte Miez Marple.

»Früher gab es in der ganzen Stadt Tempel wie diesen, aber mittlerweile interessiert sich niemand mehr dafür. Die Menschen haben den Zauber der Kugeln vergessen. Berti, zeig ihr den Zauber!«

Berti blinzelte, zuckte mit dem Kopf und flog hinüber zur Theke. Dort nahm er ein kleines Röhrchen in den Schnabel. Dann hielt er es in eine metallene Wanne hinter der bunt bedruckten Plexiglasscheibe. Kurz darauf richtete er das Röhrchen auf Miez Marple. Noch bevor die Detektivin reagieren konnte, wurde sie mitten auf die Stirn getroffen. Etwas Nasses, Schleimiges sickerte ihr über die Nase. Instinktiv schleckte sie die Flüssigkeit auf. Sie war dicker als Wasser, aber schmeckte nach nichts. Erwartungsvoll sahen die beiden Tauben die Ermittlerin an.

»Sie hat wohl doch mehr abbekommen als zunächst befürchtet«, sagte Betti, als die erhoffte Reaktion ausblieb.

Berti kam zurückgeflattert und betrachtete Miez Marple. »Vielleicht sind Katzen der Perlen des Himmels einfach nicht würdig?«, sinnierte er. »Nichts für ungut«, fügte er entschuldigend hinzu.

Miez Marple bemerkte, dass beide Tauben ungleich lange Beine hatten, was sich in einem seltsam humpelnden Gang manifestierte.

»Was ist mit Ihren Beinen passiert?«, fragte sie.

Die beiden Tauben sahen sich an.

»Darf ich es erzählen, Liebster?«

»Na gut, aber das nächste Mal darf ich wieder, in Ordnung, Liebste?«

»Abgemacht!«, sagte Betti und wandte sich wieder Miez Marple zu. »Es muss letztes Jahr im Herbst gewesen sein. Ich war gerade auf dem Hauptplatz in der Nähe des Brunnens unterwegs.«

»Der Brunnen, aus dem wir Sie gezogen haben«, fügte Berti hinzu.

»Berti-Schatz! Lass mich erzählen! Jedenfalls gab es dort einen Imbissstand. Ich kam öfter dorthin, weil dort immer etwas köstliches Brot zu haben war. Ich pickte am Boden und ahnte nichts Böses, da machte es plötzlich SCHNAPP, und mein Fuß steckte in einer dieser Mäusefallen. Es tat schrecklich weh. Und wie ich mich so vor Schmerzen winde und flattere, bemerke ich, dass ich in meinem Leid nicht alleine bin.« Betti machte eine dramatische Pause und warf Berti einen liebevollen Blick zu. »Denn mit mir in dieser Falle steckte dieser schmucke Täuberich hier. Natürlich war es eine fürchterliche Situation, keine Frage. Aber allein sein Anblick ließ mich hoffen. Trotz der Schmerzen fiel mir sofort auf, dass dies eine Fügung des Schicksals gewesen sein musste. Und so war es dann auch. Mit vereinten Kräften konnten wir uns befreien. Natürlich konnten wir nicht einfach da draußen bleiben. Wir wären die perfekte Beute für jede ordinäre Straßenkatze gewesen – oh, bitte verzeihen Sie!«

Miez Marple lächelte und nickte, zum Zeichen, dass sie ihr die Bemerkung nicht übelnahm. Sie selbst hatte Vögel ja von ihrer Speisekarte gestrichen.

»Jedenfalls wies uns das Universum den Weg zu diesem heiligen Tempel.« Betti breitete die Flügel aus und deutete auf die Schalen mit den bunten Kügelchen und die beleuchtete Tafel des Bubble Heaven. »Seit jenem schicksalhaften Tag ist mein linkes Bein etwas lädiert. Bei Berti ist es das rechte. Aber auf diese Weise sind wir einander wortwörtlich zugeneigt.«

»Wir sind halt zwei schräge Vögel, wenn Sie verstehen«, sagte Berti, und Betti lachte lauthals über diesen einstudierten Witz. Miez Marple wusste nicht so recht, was sie den beiden Turteltauben antworten sollte. Das Kapitel Romantik hatte sie zumindest für dieses Leben abgeschlossen. Seit der Nachbarskater ausgezogen war, hatte sie niemanden mehr. Immerhin hatte ihre Sehnsucht sie zu dem Gedichtzyklus *Das Katzengras in Nachbars Garten* beflügelt. Sie seufzte.

»Oje! Ich habe Sie wohl komplett zugequasselt«, sagte Betti. »Jetzt kümmern wir uns erst mal um Sie.«

»Genau!«, sagte Berti. »Wer hat Sie denn überhaupt so zugerichtet?«

»Wenn ich das wüsste! Es könnte durchaus sein, dass ich diesen Kater schon einmal gesehen habe. Wenn mich nicht alles täuscht, gehört er zu Don Katzinos Leuten.«

»Katzenmafia!«, sagte Berti und flatterte aufgeregt mit den Flügeln. »Na, Sie leben aber gefährlich.«

Miez Marple musste beinahe lächeln. »Ja, das stimmt. Aber im Moment mache ich mir weniger Sorgen um mein eigenes Wohlergehen. Ein Freund von mir benötigt dringend Hilfe. Und deshalb hätte ich eine Bitte an Sie.«

»Oh, eine Bitte, Betti! Welch eine Ehre!«

Betti gurrte zustimmend und schmiegte sich noch näher an Berti, als es ihre Physiognomie erforderte.

»Sagt Ihnen 10.0.3.1 etwas? Oder IPoAC RFC 1149?«

Die Tauben schwiegen. Wieder sahen sie sich an, doch diesmal war ihr Blick ernst. Sie nickten sich kurz zu.

»Verstanden. Wir werden alles Nötige in die Wege leiten. Sie müssten uns bitte nur Ihre Adresse mitteilen. Um alles Weitere kümmern wir uns.«

»Was soll das heißen?«, fragte die Katzendetektivin.

»Darüber können wir nicht sprechen«, sagte Berti.

»Großes Taubengeheimnis«, ergänzte Betti. »Schaffen Sie es zu Fuß nach Hause?«

»Ich denke schon.«

»Wir haben Sie notdürftig mit unserer Becherversiegelungsmaschine zusammengeflickt. Sie sollten aber dringend medizinisch versorgt werden. Sie sind schließlich kein Becher!«

Wieder lachten die beiden Tauben, beruhigten sich aber schnell, als sie merkten, dass es sich um keinen sonderlich angemessenen Scherz handelte.

»Na dann. Ich danke Ihnen! Wenn ich Ihnen irgendwann einmal helfen kann, melden Sie sich umgehend bei mir.«

»Da gäbe es tatsächlich noch eine Sache«, druckste Berti herum.

»Öffnen Sie den Keks!«, sagte Betti.

Erst jetzt bemerkte Miez Marple, dass die beiden die Verpackung des glänzenden Objekts mit dem Schnabel aufgerissen haben mussten. Erwartungsvoll sahen sie die Katzendetektivin an. Die haute mit der Pfote auf das Gebäck, das in viele kleine Krümel zerbrach. Offenbar war es schon etwas älter. Innen befand sich ein Zettel. Darauf stand: *Seien Sie auf der Hut. Ihre Vergangenheit wird Sie einholen.*

»Das Orakel hat gesprochen!«, riefen die beiden Tauben im Chor, und genau in dem Moment begann das Licht im Bubble Heaven wieder zu flackern.

*

Vom Hof her schallten die Rufe der Hähne in die Scheune. Sie stritten sich um das Futter.
»Gaack! Lass mir doch auch was übrig!«
»Nero, hols dir doch! Pock-Pock!«
»Wenn du mir immer alles wegfrisst, bestehst du bald nur aus Körperfett!«
»Jetzt mach dich mal geschmeidig. Pock! Ich hab einfach den größeren Kalorienumsatz. Stichwort: Training, du Schlappkamm!«
»Ich hab dir schon hundert Mal gesagt, du sollst aufhören, mich so zu nennen! Mein. Kamm. Ist. Stramm!«
Dann entbrannte ein aggressives Gegacker und Gescharre auf dem Hof.
Während sich seine Entführer draußen die Köpfe einschlugen, hielt Florian Silberschweif durch einen schmalen Spalt in seinem Bretterverschlag Ausschau. Wo war der Mensch, der den Hähnen das Futter hingeworfen hatte? War er schon wieder gegangen? Wenn das hier ein Bauernhof war, musste er sich bestimmt noch um andere Tiere kümmern. Der Schlagerkater überlegte, die Futterzeiten der Hähne zu antizipieren, um voraussagen zu können, wann der Bauer wiederkommen würde. Doch genau in diesem Moment erschienen zwei Beine im Türrahmen der Scheune.

Sie steckten in einer blauen Latzhose und Gummistiefeln. Der Bauer! Er stand mit dem Rücken zu ihm. Zwischen ihm und der Kiste lagen etwa zehn Meter. Mit aufgestellten Ohren und pochendem Herzen saß Silberschweif in seinem Gefängnis. Jetzt war der Moment gekommen: Er musste irgendwie auf sich aufmerksam machen. Doch würde man ihn überhaupt hören bei dem Lärm, den seine Entführer im Hof veranstalteten? Draußen flogen mittlerweile die Federn. Der Bauer trat unruhig von einem Bein auf das andere, kurz davor einzuschreiten.

Jetzt oder nie! Aber es war riskant, denn wenn die Aktion schiefging und einer der Hähne etwas mitbekam, wäre es vermutlich der letzte Auftritt im Leben des berühmten Schlagerkaters Florian Silberschweif. Er stemmt die Pfoten gegen die Bretterwand und machte sich bereit. Er schloss die Augen. Dann atmete er ein. Seine Lunge füllte sich mit der stickigen Luft des Verschlags. Sein Brustkorb hob sich. Er öffnete das Maul – und brachte keinen Ton heraus. Ein klägliches Winseln entfuhr ihm, mehr nicht. Er hatte den Text vergessen! Panik stieg in ihm auf. Sein Puls raste. Ein Texthänger, ausgerechnet jetzt! Das war ihm seit Jahren nicht passiert. Er hörte den Bauern mit dröhnender Stimme Menschenworte in Richtung der Hähne rufen. Das war's. Völlig entmutigt ließ sich Silberschweif an der Bretterwand hinabsinken. Dabei fielen ihm die vielen Kratzer daran auf – *seine* Kratzer! Es waren Buchstaben. Er hatte sie während eines Panikanfalls eigenpfötig in das Holz gekratzt. Es war der Text zu einem neuen Song, den er der Nachwelt hinterlassen wollte. Und auch wenn er sich selbstredend ein etwas festlicheres Setting für die Songpremiere vorgestellt hatte, es war ihm in diesem Moment herzlich egal. Mit feierlicher Stimme begann er zu singen:

Ich war allein in meinem Karton
Und du machtest dich davon
Deine Milch ließest du stehen
Warum musstest du schon gehen?

Seine Stimme war so kräftig, dass er ihren Widerhall in der Kiste spüren konnte. Als er wieder durch den Bretterschlitz spähte, konnte er erkennen, wie sich der Bauer irritiert umsah. Menschen hatten ein so lächerlich schlechtes Gehör, es war kaum zum Aushalten! Er hob an zur zweiten Strophe:

Das war der Abschied im Karton
Und du machtest dich davon
Das werde ich nie verstehen
Ich hoff', dass wir uns wiedersehen

Jetzt bewegten sich die Hosenbeine. Zögerlich, aber zielgerichtet kamen sie auf die Kiste zu. Im Hintergrund war Nero zu hören, dem von Cäsar wohl besonders hart zugesetzt wurde. Florian Silberschweif sang einfach weiter und bewegte seine Pfoten zur Melodie, kratzte mit seinen Klauen leidenschaftlich über das Holz, bis der Bauer direkt vor ihm stand. Ein großes, nacktes Gesicht erschien vor dem Schlitz. Florian Silberschweif zitterte am ganzen Leib. So sehr hatte er sich noch bei keiner Performance verausgabt. Der Bauer murmelte etwas und öffnete den Deckel der Kiste. Kaum war der Spalt breit genug, nahm der Schlagerkater seine letzte Kraft zusammen und sprang hinaus. Die mit spärlichem Fell ausgestatteten Arme des Menschen griffen ungeschickt an ihm vorbei. Silberschweif rannte davon. Er war frei.

ZWÖLF

Sie durchschritt den gepflegten Vorgarten. Es war bereits Nacht. Mit Mühe und Not war sie bis hierher gekommen. Die Verletzung machte ihr zu schaffen, aber Bertis kunstvolle Versiegelung, durch die die Wunde zu sehen war, dämpfte den Schmerz. Viel schmerzvoller war das Gefühl, versagt zu haben. Oder kurz davor zu sein. Jeder Schritt, den sie unternahm, warf nur noch mehr Fragen auf. Der ganze Fall zerfaserte in alle Richtungen, wie die Füllung von Agathe Christiansens Sofa. Warum war die Katzenmafia hinter ihr her? Hatte Don Katzino Florian Silberschweif entführt? Und falls ja, warum? Aus Geldgier? Zahlreiche Mafiosi verrotteten in den Zellen der Katzenpolizei. War eine Art Gefangenenaustausch intendiert? Aber wie passte der Mord an Schnurrjenko dazu? War dieser Online-Shop die Verbindung? Ihr lief die Zeit davon. In zwölf Stunden sollte laut Erpresserbrief die Übergabe stattfinden. Wenn Milky Way seine Drohung wahrmachte, würde er Watson für den Mord an Schnurrjenko für immer wegsperren, und vermutlich würde sie als potenzielle Mittäterin verhaftet werden.

Humpelnd passierte Miez Marple die Katzenklappe. Drinnen stellten sich ihr sofort die Schnurrhaare auf. Ein fremder Geruch! Es war nicht Agathe. Agathe war nicht da. Mittwochs wurde sie immer von ihren Freundinnen abgeholt und kam meist erst in den frühen Morgenstunden zurück, nicht ohne eine große Palette an interessanten Gerüchen mit nach Hause zu bringen.

Eindeutig der Geruch einer anderen Katze! Waren sie ihr bis hierher gefolgt? Sie drückte sich an die Wand. Diesmal würde sie sich nicht überrumpeln lassen! Sie kroch unter die Vitrine, in der Agathe ihre Porzellankatzensammlung verwahrte. Miez Marple schnupperte und lauschte. Es klickte und klapperte aus dem Wohnzimmer. In geduckter Haltung näherte sie sich der Geräuschquelle und spähte ins Wohnzimmer, das vom Bildschirm des Laptops in ein bläuliches Licht getaucht wurde. Die Katze, die dort vor Agathes Laptop saß, war nur als Schemen zu erkennen.

»Wer sind Sie, und was zum Staubsauger machen Sie hier?«

»Ja endlich!«, sagte die Katze am Laptop und hämmerte weiter blitzschnell mit ihren Pfoten auf die Tastatur ein. »Komm bitte mal her!«

Miez Marple war irritiert. Sie hatte schon immer ein gutes Gespür dafür gehabt, ob ihr jemand Böses wollte oder nicht. Und von diesem Eindringling ging offenbar keine Gefahr aus.

»Nun komm schon! Ich habe nicht die ganze Nacht Zeit!«

Miez Marple schüttelte sich, sprang dann auf den Schreibtisch und stand vor einer komplett haarlosen Kreatur. Sie hatte schon lange keine Nacktkatze mehr gesehen. Die aschgraue Haut war über und über von Falten durchzogen, auch im Gesicht, was ihr einen grimmigen Ausdruck verlieh. Besonders auffällig waren die Augen. Das linke war von leuchtend grüner Farbe, das rechte strahlte in vollem Blau.

»Sind Sie die Katze, für die ich Sie halte?«, fragte Miez Marple zur Vorsicht.

Die Nacktkatze verzog das faltige Gesicht zu einem amüsierten Lächeln.

»Kommt drauf an: Für wen hältst du mich denn?«

»Nun, wenn ich danach urteile, mit welcher Pfotenfertigkeit Sie mit diesem passwortgeschützten Laptop umgehen, kann ich mir schon vorstellen, welcher Organisation Sie angehören.«

Die Katze kicherte, was so gar nicht zu ihrem traurigen Erscheinungsbild passen wollte.

»Du kannst mich Kali nennen.«

»Sehr erfreut! Danke, dass Sie so schnell hier waren. Mein Name ist Miez Marple, ich bin –«

»Katzendetektivin und Lyrikerin, alles hier abgespeichert. Du hast 37 Kriminalfälle gelöst und warst bei 57 weiteren zentral an deren Auflösung beteiligt. Du hast 167 YouTube-Kanäle abonniert, betreibst den Lyrik-Blog *Synkopen und Pfoten* mit einer regelmäßigen Leserschaft von 27, wobei dabei eine dieser IP-Adressen von genau diesem Laptop hier stammt.«

Miez Marple blickte Kali ungläubig an.

»Nur eine kurze Demonstration meiner Gründlichkeit. Mir entgeht nichts. Lass uns loslegen, ich habe, wie bereits gesagt, nicht die ganze Nacht Zeit.«

»Erst sei mir noch eine Frage gestattet«, sagte Miez Marple. »Was hat es mit diesen Tauben auf sich?«

»Beim CCCC nutzen wir das Taubennetzwerk, weil es weder bei Katzen noch bei Menschen häufig zur Anwendung kommt. Jeder beteiligte Vogel repräsentiert ein Datenpaket. Wir statten sie mit kleinen Datenträgern wie SD-Cards oder USB-Sticks aus und schicken sie zwischen zwei Endpunkten hin und her. Der Vorteil liegt in der Menge der Daten, die wir so übertragen können. Außerdem kennen wir die Tauben persönlich. Das ist bei virtuellen Datenpaketen nicht möglich.« Kali lachte über ihren kleinen Hackerwitz. »Da wir eng mit den Tauben zusammenarbeiten, sind wir in diesem Netzwerk ungestörter, als wir es im Darknet je sein könnten. Die einzige Anfälligkeit für Datenklau wäre eine *Meow in the Middle Attack*.«

»Eine was?«

»So nennen wir es, wenn feindliche Individuen unsere Datenpakete fressen.«

»Verstehe«, sagte die Detektivin. Sie hatte sich schon häufig gewundert, dass es den Menschen gar nicht aufzufallen schien, dass Katzen einen erheblichen Teil der Internetnutzung ausmachten. Die Massen von Memes, GIFs und Videos, die Katzen zum Inhalt hatten, waren offenbar unverdächtig. Menschen hielten in der Regel andere Menschen wie diesen Schnurrjenko für die Urheber dieses Contents, doch allein die Datenmenge machte diese Vermutung unglaubwürdig.

»Und jetzt du: Warum hast du mich herbestellt? Beim letzten Mal hatte ich noch mit deinem Kollegen Watson zu tun.«

»Genau um den geht es«, sagte Miez Marple. Sie erklärte Kali, wie es um Watson stand, und brachte ihr dann die Festplatte, die sie im Kühlschrank von Silberschweifs Tonstudio sichergestellt hatte.

»Dann schauen wir mal«, sagte Kali und legte los. Bald herrschte auf dem Bildschirm ein Gewirr aus eckigen Klammern, englischen Wortfetzen und Zahlen. Nach einigen Minuten verschwand das Fenster, das Miez Marple davon abgehalten hatte, ohne Passwort auf die Festplatte zuzugreifen.

»Sind wir drin?«, fragte Miez Marple.

Kali sah sie ausdruckslos an. »Keine Hackerin redet so.«

Sie durchsuchten die Dateien auf der externen Festplatte. Es waren größtenteils Videos, doch viele von ihnen waren defekt oder brachen mittendrin ab.

»Woher hast du diese Festplatte, wenn ich so diskret fragen darf?«

»Sie lag in einem Eisfach in –«

»Aha! Das erklärt die fehlenden Daten. Bis heute kursiert das Gerücht, dass es hilft, Datenträger tiefzukühlen, wenn sie defekt sind. Leider richtet man so oftmals nur noch mehr Schaden an.«

Die wenigen unbeschädigten Videos, die sie fanden, zeigten Katzen. Katzen in Situationen, in denen sie sich verletzten oder auf andere Weise in Gefahr gebracht wurden.

»Einfach nur grausam«, kommentierte Kali und starrte mit ihren verschiedenfarbigen Augen auf einen Kater, der gerade eine Treppe heruntergefallen war, weil ihn ein Mensch mit einem Laserpointer dorthin gelockt hatte. Miez Marple war fassungslos. Das waren keine lustigen Videos von Katzen, die etwas Großes wagten und daran scheiterten – solch harmlose Videos sah sie sich selbst gern an. Das hier waren Streiche – sogenannte Pranks – der übelsten Sorte. Katzen, die ins Wasser geworfen wurden, Katzen mit zusammengebundenen Schwänzen, Katzen, die man mit Spiegeln verwirrte. Je mehr Videos sie sah, desto schlechter ging es der Katzendetektivin. Damit hatte Schnurrjenko also sein Geld verdient! Die kommerzielle Vermarktung von Florian Silberschweif war womöglich gar nicht sein Hauptgeschäft gewesen. Gerade wollte sie Kali bedeuten, dass es genug sei, da tauchte jemand auf, den sie kannte.

»Warten Sie! Noch mal zurück!«

Kali spulte den Clip zurück.

Ja, ganz sicher! Sie kannte den dicken Kater! Das war Don Katzino, das Oberhaupt der Katzenmafia, höchstpersönlich. Man sah ihn von hinten, aber anhand seiner beeindruckenden Statur und des graumelierten Fells war er leicht zu identifizieren. Er stand mit dem Kopf vornübergebeugt über einem Napf. Nach ein paar Sekunden erschien am unteren Rand eine Hand, die etwas längliches Grünes hielt. An dieser Stelle tauchte kurz der Kopf von Schnurrjenko auf, der blöde in die Kamera grinste. Dann legte er die Gurke hinter Don Katzino ab. Kurz darauf drehte dieser sich um, blickte kurz auf das, was da lag, und begann zu schreien. Er zeterte und fluchte in einer Weise, wie Miez Marple es noch nie gehört hatte. Er sprang auf und stieß dabei seinen Napf um. Eine seiner Pfoten landete in dem glitschigen Essen, und am Ende segelte er, alle viere von sich gestreckt, über den Boden, bis er reglos liegen blieb.

»Einfach nur grausam«, wiederholte Kali.

Miez Marple nickte zustimmend. Sie war zum Glück

noch nie auf diese hinterhältige Art erschreckt worden. Aber sie hatte von vielen Hauskatzen gehört, die Don Katzinos Schicksal teilten. Aber welche Rolle spielte dieses Video nun in ihrem Fall? Hatte die Katzenmafia deswegen Florian Silberschweif entführt? Aber warum dann die Lösegeldforderung an Schnurrjenko? Und wie sollte der überhaupt Lösegeld zahlen, wenn er vorher ermordet wurde?

»Das ergibt alles keinen Sinn!«, jammerte die Katzendetektivin und legte resigniert den Kopf auf die Vorderpfoten.

»Hat es vielleicht mit checkmynip.com zu tun?«, fragte Kali.

»Das war Watsons Fall. Ich habe mich da rausgehalten, weil ich keine Lust mehr hatte auf…«, sie sah auf ihre Verletzung, das pausierte Video von Don Katzino und dann auf Kali, »auf all das hier.«

»Verstehe. Vielleicht hilft es dir, wenn ich dir sage, dass ich Watsons Spur in der Zwischenzeit weiterverfolgt habe?«

»Weiterverfolgt?«

»Watson hat mich gefragt, ob ich etwas über diesen Drogenversand herausfinden kann. Erst habe ich nur die Kundendatenbank aufrufen können. Die Verschlüsselung der Seite war nicht komplex, aber so unordentlich, dass ich nichts Verwertbares finden konnte.«

»Und dann?«

Kali grinste. »Und dann habe ich doch was gefunden. Ich finde immer was. Zum Beispiel weiß ich jetzt, von wo diese Seite betrieben wird. Vielleicht findest du ja dort die Antworten auf deine Fragen.«

»Sie meinen, Silberschweif könnte dort sein?«

»Na ja. Sein Konto weist Schulden im fünfstelligen Bereich auf. Dass er von denen überhaupt einen Kredit bekommen hat, ist schon verwunderlich. Betreiber solcher Seiten sind nicht gerade dafür bekannt, besonders zimperlich zu sein. Insbesondere, wenn die Kunden so blöd sind und ihre tatsächliche Adresse angeben, wie unser Freund Florian Silberschweif.«

»Und wo finde ich diese Drogenhändler?«

»Auf einem Bauernhof. Etwa drei Stunden Laufzeit vom Stadtzentrum entfernt.«

Miez Marple schaute auf die Uhr. Sie hatte noch genau zehn Stunden. Wenn sie Milky Way bis dahin keinen Beweis für Watsons Unschuld lieferte, würde sie ihren Freund vermutlich nie wiedersehen. Vielleicht ließ sich der Kommissar ja umstimmen, wenn sie ihm die Leute lieferte, denen Watson in der Mordnacht nachgespürt hatte.

Sie dankte Kali und bat sie, Kommissar Milky Way von der Adresse und von ihrem Plan zu unterrichten. Sie wusste nicht, ob das alles funktionieren konnte – sie hatte kaum Zeit, und man konnte durch ein Plastikfenster Teile ihrer Innereien sehen –, aber wenn sie einmal einen Fall angenommen hatte, dann blieb sie auch dran.

DREIZEHN

Der Bauer war schnell. Er rannte dem Schlagerkater hinterher. Zwar sah er dabei nicht sonderlich elegant aus, aber aufgrund des menschlichen Beinlängenvorteils verkürzte sich Silberschweifs Vorsprung mit jedem Schritt. Der Bauer gab sonderbare Laute von sich. Laute, die Menschen immer nur von sich gaben, wenn sie einer Katze gegenüberstanden. Es klang wie schnell gezischtes Pssst-Pssst-Pssst, manchmal gesellte sich auch ein Schnalzen der Zunge dazu. Beides unübersetzbar.

Obwohl Florian Silberschweif durch sein tagelanges Martyrium geschwächt war, zahlte sich das regelmäßige Training in seinem Hindernisparcours nun doch aus. Er sprang behände über Kisten, kroch unter landwirtschaftlichen Maschinen hindurch und huschte schließlich unter einen großen Haufen Bretter. Er hatte erst wenige Sekunden in Freiheit verbracht, und schon kauerte er wieder hinter Brettern, zwischen Sägespänen und Staub und musste seinen Niesreiz unterdrücken. Doch die Hoffnung in ihm war neu entfacht. Er hatte den Luftzug gespürt, als er durch die Arme des Bauern entwischt war. Hatte die Dimensionen der Scheune gesehen, die warmen Strahlen der Morgensonne! Das war das Leben, das er in so vielen seiner Lieder besang, und er war bereit, es sich zurückzuerobern. Aus dem Dunkel seines neuen Verstecks heraus beobachtete er den Bauern. Es war ein bärtiger, leicht zerzaust wirkender Mann mit wettergegerbter Haut und ersten Fältchen um den Mund. Er sah freundlich aus. Doch Silberschweif dachte nicht im Traum daran, seine Freundlichkeit auf die Probe zu stellen. Nach einer Zeit des Wartens und etlichen Pssst-Pssst-Pssst-Lauten verschwand der Bauer schließlich. Silberschweif ahnte, dass er versuchen würde, ihn auf andere Weise herauszulocken. Vielleicht würde er einen Besen holen oder die Bretter umstellen. Vielleicht würde er auf Snacks als Lockmittel setzen. Als sich die Stiefelschritte weit genug entfernt hatten, ergriff Silberschweif die Gelegenheit. Lautlos und flink durchquerte er die Scheune. Auf der anderen Seite, neben dem großen Tor, standen weitere Kisten. Draußen hörte er noch immer die Hähne streiten. Das dauerte heute besonders lange. Wahrscheinlich waren sie gestresst wegen der anstehenden Lösegeldübergabe. Er malte sich schon die Blicke aus, wenn sie entdeckten, dass er nicht mehr da war. Bis dahin wäre er längst wieder im Arm seines Managers. Er sah sich um. Außer dem Haupttor schien es keinen weiteren Ausgang zu geben. Also musste er warten und einen günstigen Moment abpassen. Er legte sich hinter den Kisten auf die Lauer. Draußen standen Cäsar, Augustus, Claudius und Nero im Kreis. Vor ihnen lagen ein paar Körner. Doch etwas anderes nahm ihre gesamte Aufmerksamkeit in Anspruch: Zwischen ihren Klauen hüpfte etwas aufgeregt hin und her und versuchte dem Kreis der Hähne zu entkommen.

»Gack! Wenn du nicht sofort aufhörst so herumzuhopsen, reiß ich dir die Eingeweide raus!«, krähte Cäsar.

Nun konnte Silberschweif die kleine Blaumeise gut erkennen. Um keinen Preis der Welt hätte er mit ihr tauschen mögen.

»Du glaubst wohl, nur weil du fliegen kannst, bist du was Besseres, oder was?«, sagte Claudius.

»Und nur, weil du eine Meise bist, musst du nicht gleich unseren Mais stehlen. Ha-Ha! Gack!«, sagte Nero.

Daraufhin herrschte kurz Stille, und die anderen drei Hähne sahen Nero an. »Schnabel, Nero!«, schrien sie im Chor.

Nun hob der winzige Gast zu einer Verteidigungsrede an. »Ich war nur sooo hungrig, meine Herren Hähne! Das ist sonst wirklich gar nicht meine Art. Wissen Sie, die Meisenknödelknappheit wird in der Stadt zum Problem. Die *Bellt-Zeitung* schreibt, dass vermutlich die Ratten-Clans etwas damit zu tun haben.«

»Oh, Cäsar, das ist so ein Stadtvogel! Die wissen doch immer, was so läuft, und krakeelen es überall herum.«

»Claudius, das weiß ich selbst! Pock. Ich bin schon hundert Mal in der Stadt gewesen.«

»Haben die einen Sportteil? Gack. Vielleicht was über Hahnenfitness?«

»Hör mal, kleine Meise«, sagte Cäsar. »Wir lassen dich fliegen, wenn du uns erzählst, was in der Stadt so los ist. Aber es müssen gute Neuigkeiten sein. Wir sind hier mit wichtigen Dingen beschäftigt, wir kriegen nicht so viel mit hier draußen.«

Die Meise wirkte eifrig. »Absolut, ich kann Ihnen 'ne

Menge berichten. In der Stadt ist allerhand los! Wussten Sie, dass Magret Scratcher sich wieder zur Wahl stellen will?«

»Kenn ich nicht. Interessiert mich nicht«, sagte Claudius.

»Haben Sie denn schon gehört, dass Florian Silberschweif verschwunden ist? *Mit einer Katze nach Paris* sollte eigentlich nächste Woche erscheinen.«

»Ach was!«, gackert Augustus, und die anderen stimmten in sein Gackern ein.

»Wie meinen?«, fragte die Meise.

»Ach nichts«, sagte Cäsar. »Wir sind ... große Fans.«

Die Meise sah irritiert aus, fuhr aber mit der Berichterstattung fort. »Einen Knaller habe ich noch – heute soll das Urteil gegen den Mörder von diesem YouTuber Schnurrjenko fallen!«

Silberschweif spürte, wie ihm das Herz in die Magengrube sackte. Ihm wurde schlecht.

»Was hast Du da gerade gesagt! Gaaaaack! Wiederhol das noch mal!«

»Na ja, das ist doch dieser Watson, der kürzlich verhaftet wurde. War ein großes Ding, weil der ja sonst mit dieser Detektivin zusammenarbeitet.«

»Das kann nicht sein, Du lügst! Gaaack!« Cäsar wedelte aufgeregt mit den Flügeln, und auch die anderen veranstalteten einen ohrenbetäubenden Lärm. Irgendwie schaffte es die Meise, in diesem Trubel eine Lücke zu finden, durch die sie fliehen konnte, und flog davon.

Florian Silberschweif nahm all das wie in Trance wahr. Schnurrjenko, sein Freund und Manager, war tot? Das war unmöglich. Er starrte wie gelähmt auf die Hähne, die sich nun darum stritten, warum niemand von ihnen mitbekommen hatte, dass der Mensch, den sie erpressten, tot war. Sie schrien sich an und hackten aufeinander ein. Wie immer wurde Nero als Schuldiger ausgemacht. Er hatte schließlich auch die Homepage www.checkmynip.com aufgesetzt, weil die anderen Hähne das Internet höchstens für die Suche nach Nährwerttabellen und Motivationsvideos nutzten. Jetzt gingen sie geschlossen auf ihn los. Federn flogen, und Blut spritzte.

Als die drei Hähne mit Nero fertig waren, ließen sie ihn einfach liegen und stoben, noch benommen vom Blutrausch, in alle Himmelsrichtungen davon.

Florian Silberschweif blieb allein zurück. Er wimmerte und begann wie von Sinnen mit den Pfoten auf die gestapelten Kisten neben sich einzudreschen, bis die oberste davon zu Boden krachte. Das und der Anblick des reglosen Nero erinnerten ihn daran, wie schnell es mit dem Leben vorbei sein konnte. Er musste noch immer von hier weg. Egal wohin – es musste nur schnell gehen, er wollte noch nicht sterben.

Gerade als er durch das Tor schleichen wollte, sah er vor sich über den Boden verteilt kleine bunte Pillen. Die Pillen, mit denen sein Verhängnis angefangen hatte! Sie mussten sich in der heruntergefallenen Kiste befunden haben. Schnell schob er sich eine davon ins Maul. Oh, war das gut! Es würde ihm helfen, nach Hause zu kommen. Er sah sich um und schnappte sich mit dem Maul einen weiteren unversehrten Pillenbeutel. Das war ja wohl das Mindeste, was ihm an Schadensersatz zustand. Gerade wollte er loslaufen, da hörte er über sich eine Stimme: »Darf man fragen, was das hier werden soll? Pock?« Vor ihm stand der völlig zerrupfte, blutverschmierte, schwer atmende Nero. Als der seinen Kopf drehte, war zu erkennen, dass ihm ein Auge fehlte.

»Hör mal, Hahn. Du wirst mich nicht aufhalten. Niemand kann mich jetzt noch aufhalten!«, fauchte Silberschweif.

»Seh ich anders«, sagte der Hahn. Silberschweif versuchte an ihm vorbeizugelangen, doch mit zwei überraschenden Flügelschlägen drängte Nero ihn zurück. »Du hörst mir jetzt mal gut zu!«

Florian Silberschweif nickte ergeben.

»Weißt du eigentlich, wo dein Frühstücksei herkommt?«

»Mein was? Ich esse kein Ei!«

»Dein Frühstücksei kommt aus der großen Legefabrik. Und weißt du, wer dort die Eier legt?«

Silberschweif sah sich ungeduldig um. Hoffentlich kamen die anderen Hähne nicht gleich zurück. »Hennen?«

»Pock! Ganz genau. Hennen. Und was glaubst du? Wer wird in diesem Prozess nicht benötigt?«

»Hähne!«

»Gack-Gack!« Nero musste husten, etwas Blut spritzte dem Schlagerkater aufs Fell. »Genau! Hähne! Und weißt du auch, was in den großen Fabriken mit den nichtsnutzigen Hähnchenküken passiert? Pock. Weisst Du es?«

Silberschweif schwieg beschämt.

»Du weißt es vielleicht nicht, aber Gunter wusste es.«

»Wer ist denn Gunter?«

»Der einzige Mensch, der ein Herz besitzt. Er hat uns aus dieser Wahnsinnsmaschinerie gerettet. Pock. Er hat uns hier ein neues Zuhause gegeben.«

»Das ... ist doch nett von ihm«, bemerkte Silberschweif. »Dagegen ist doch gar nichts einzuwenden?«

»Das nich', aber Gunter ist pleite. Von ein paar Feldern und vier Hähnen kann er nicht leben. Gack! Wir wollten Gunter retten, verstehst du?«

»Und das geht jetzt nicht mehr?«

»Er wird den Hof verlieren. Ohne das Lösegeld werden sie ihm alles unterm Arsch wegpfänden.«

»Und es gibt wirklich keine andere Möglichkeit der Geldbeschaffung?«

»Doch! Pock! Die gäbe es. Ich hab mich an Kryptogeschäften versucht, aber Cäsar hat gesagt, wir sollen uns auf Bargeld konzentrieren.«

»Scheint, als wäre Cäsar das Problem.«

»Pock! Du sagst es! Dieser aufgeblasene, engstirnige Gockel hatte noch nie einen Plan! Aber was soll ich machen? Sieh mich mal an!«

»Du müsstest ihm vielleicht mal zeigen, dass es nicht okay ist, wie er dich behandelt. Heiz ihm doch mal ordentlich ein!«

»Pock. ›Einheizen‹ sagst du?« Etwas glitzerte in Neros verbliebenem Auge. Als der einäugige Hahn sich nach den anderen drei Hähnen umschaute, deren Krähen aus der Ferne zu vernehmen war, ergriff Silberschweif die Gelegenheit und stahl sich mit dem Pillenbeutel im Maul davon. Nero nahm keine weitere Notiz von ihm.

VIERZEHN

Die gesamte Polizeiwache befand sich im Ausnahmezustand. Flügel, Klauen und Tatzen schlugen gegen die Gitter der Käfige. Die anwesenden Polizeikatzen taten ihr Bestes, um dem Tumult Einhalt zu gebieten.

»Wo zur Hölle ist Milky Way?«, keuchte eine Beamtin. Ihre Mütze hing ihr schief auf dem Kopf. Gerade hatte sie mit dem Maul einen Kabelbinder um den Käfig einer besonders aufständischen Ratte gezogen.

»Der ist bei einem Einsatz. Irgendwas auf einem Bauernhof!«, brüllte ein Polizeikater gegen den Lärm an.

Im Zentrum des Chaos befanden sich Watson und der Igel. Immer wieder stürmte Letzterer vor und versuchte, dem Kater mit seinen muskulösen Vorderbeinen eine zu verpassen. Watson hechelte. Sein rechtes Ohr blutete. Er drückte sich gegen die Käfigwand, passte den rechten Moment ab, um auszuweichen. Aufgrund der beengten Verhältnisse blieb ihm nur die Flucht nach hinten. Lange würde er das nicht mehr durchhalten.

»Los, mach ihn fertig!«, schrie ein Meerschweinchen.

»Ich will Blut sehen!«, kam es irgendwo aus den Terrarien.

Selbst Blaze und Blümchen, die die aggressive Atmosphäre immer weiter angestachelt hatten, wirkten inzwischen verunsichert und waren damit beschäftigt, die Insassen anzufauchen, was die Stimmung jedoch nur noch mehr aufheizte.

»Na warte, ich krieg dich noch, dich und deinen pelzigen Arsch!« Wieder stürmte der Igel auf Watson zu. Der Kater drückte sich gegen das Gitter hinter ihm. Im letzten Moment sprang er zur Seite. Es war so wenig Platz, dass er die Stacheln seines vorbeisegelnden Gegners mit den Schnurrhaaren spüren konnte. Hinter ihm krachte der Igel gegen die Käfigwand.

Aus den gegenüberliegenden Zellen auf der anderen Seite des Raumes erklang ein Echo. Die dort eingesperrten Tiere ahmten den Igel nach. Sie sprangen gegen ihre Käfigtüren und rüttelten an den Stangen. Einige warfen mit Exkrementen nach den panisch umherrennenden Beamten. Plötzlich krachte es. Ein Vogelkäfig war aus einer der oberen Regalreihen gefallen. Seine Türen standen sperrangelweit offen, und zwei Krähen krochen hervor. Sie kreischten und stießen einer Ordnungshüterin im Flug die alberne Kopfbedeckung hinunter. Dann zogen die Krähen weiter und machten sich daran, die anderen Vögel zu befreien.

Im Nu war der Raum voller Flügel, Federn und Panik. Weitere Käfige fielen um und brachen auseinander. Aus dem Verhörzimmer entwischte ein Kater, dem der halbe Schwanz fehlte, und rannte mit einer Packung *Gourmet Especial* in Richtung Ausgang. Blümchen setzte dem Plünderer nach und fing ihn gerade noch rechtzeitig ab.

Rumms. Wieder prallte der angreifende Igel gegen das Gitter, doch als Watson diesmal auswich, gab die Tür neben ihm nach. Er drehte den Kopf nach einer davonfliegenden Elster, die ihm zurief: »Gute Reise!«, dann fiel er hintenüber zwei Regalreihen in die Tiefe. Beim Aufprall hörte er Glas splittern. Er wirbelte herum. Ein Marderkäfig war auf den großen Tank gefallen. Wassermassen fluteten den Boden der Polizeiwache. Die Polizeikatzen fingen an zu fauchen und stoben in alle Himmelsrichtungen davon. Währenddessen erhob sich aus den Scherben eine gigantische Gestalt. Es war Kornelius Kneifer. Der Schlitzer aus dem Hafenbecken! Sein schwarzer Chitinpanzer schimmerte im Licht der Neonröhren. Seine Scheren waren noch immer umschnürt, sodass er sie nicht öffnen konnte. Mit aller Kraft schlug der Hummer damit gegen die Überreste seines Gefängnisses, bis er mit seinen spinnenartigen Beinen darüber hinwegkrabbeln konnte. Watson zögerte keine Sekunde. Der Igel lag noch immer zusammengerollt auf dem Boden und sah ihn nicht.

Wie benommen tapste Watson über verstreute Leckerlis, Kot und Wasserpflanzen hinweg in Richtung Ausgang. Doch als er ihn erreichte, sprang ihm Blaze flankiert von zwei weiteren Polizeikatzen in den Weg. Watson machte kehrt, hüpfte über Käfigtrümmer, duckte sich unter hinabschießenden Vogelklauen und wich Tieren aus, die sich völlig ineinander verbissen hatten. Es musste doch irgendwo einen Hinterausgang geben! Mit flinken Bewegungen erreichte er den rückwärtigen Teil der Wache. Es war seine letzte Chance, denn schon war die Polizei dabei, wieder die Oberhand zu gewinnen. Viele der Gefängnisinsassen waren Nagetiere, kleinere Säuger oder Vögel. Sie waren den felinen Beamtinnen und Beamten körperlich unterlegen. Nach und nach wurden sie zurück in ihre Käfige gedrängt. Nur die Hunde, Katzen und größeren Echsen schafften es, Widerstand zu leisten.

Zu seiner Linken entdeckte Watson eine Tür, die nur angelehnt war. Ein paar rostige Stufen führten in die Tiefe. Vielleicht würde er sich da unten lange genug verstecken können, um dann in einem günstigen Moment auszubrechen. Wenn er hier oben blieb, war die Wahrscheinlichkeit hoch, von den Wachen oder einer Horde Krimineller vermöbelt zu werden. Stufe für Stufe sprang er in die Dunkelheit. Im Keller roch es modrig. Die Polizei nutzte diesen Teil des Hauptquartiers offenbar kaum. Hier gab es nichts außer ein paar staubigen Kisten und einigen alten Pappaufstellern für Hundefutter. Watson entdeckte eine große Box mit Katzenverkleidungen, aus der vermutlich die albernen Mützen der Polizei stammten. »A. C. A. B.« lautete ein Slogan auf der Verpackung – »All Cats Are Beautiful«. Plötzlich spürte er einen Luftzug. Er sah sich um. War da jemand? Er lauschte, doch das Einzige, was er hörte, war der kreischende Mob im Stockwerk über ihm. Er bog um eine Ecke und prallte mit der Schnauze gegen etwas Nasses, das ihn zurückschrecken und fauchen ließ. Zwei tiefschwarze Augen sahen ihn an. Watson wollte schreien, doch seine Stimme versagte. Er starrte auf vier chitinummantelte Antennen und ein Gewirr aus Mandibeln und Maxillen, die wild hin und her zuckten. Dann erkannte er zwei gewaltige Scheren mit dunkler Maserung.

»Buh!«, machte Kornelius Kneifer und kam langsam auf den zurückweichenden Watson zu. Aus der Nähe betrachtet wirkte der Hummer noch viel imposanter, sein Panzer war übersät mit kleinen Stacheln und Kerben, die er sich im Kampf zugezogen haben musste.

»Entschuldigung. Ich hatte ja keine Ahnung, dass hier unten besetzt ist«, sagte Watson und sah sich nach einer Fluchtmöglichkeit um. Der Hummer kam immer näher. Watson war sich sicher, dass ein einziger Hieb seiner gefesselten Scheren ausreichen würde, um ihm mehrere Rippen zu brechen. »Ich könnte wieder nach oben gehen«, schlug Watson vor. »Ich werde diskret sein und niemandem verraten, dass Sie sich hier unten verstecken.« Erst jetzt fiel ihm auf, dass er sich in eine Ecke hatte drängen lassen. Links und rechts gab es kein Entkommen. Dieser Keller würde also sein Tod sein und dieser Hummer sein Henker.

»Herr Kneifer! Ich bitte Sie. Ich kann...«

»Umdrehen!«, sagte der Hummer unbeeindruckt.

Watson schloss die Augen und drehte sich zur Wand. Das war er also – sein persönlicher Schlussakt. Eine klassische Tragödie. Jetzt hieß es abwarten, bis der Vorhang fiel. Den Applaus würde er schon nicht mehr miterleben. Die Sekunden vergingen, doch der Vorhang fiel nicht. Stattdessen fragte der Hummer mit tiefer Stimme: »Und? Kriegst du das auf?«

Watson blinzelte. Erst jetzt sah er, dass sich vor ihm im Boden ein Gitter befand. Es war ein Abwasserschacht, der verhindern sollte, dass der Keller bei Regen volllief. Er war breit genug, um hindurchzukommen. Watson griff mit beiden Pfoten durch das Gitter und hob es an. Es bewegte sich wenige Zentimeter aus der Vertiefung und krachte dann wieder hinab.

»Wenn wir hier rauswollen«, sagte Kornelius, »dann müssen wir ziemlich schnell da durch.«

Von oben hörten sie die Befehle der Polizeikatzen, die den Aufstand offenbar unter Kontrolle hatten. Watson sah auf die zusammengebundenen Scheren des Hummers. Scheren, von denen er wusste, dass mindestens sieben Katzen durch sie gestorben waren. Die Kabelbinder durchzubeißen dürfte kein Problem sein, aber war es auch ratsam? »Wenn ich Sie befreie, was werden Sie dann tun?«

»Na, ich werde dieses verfluchte Gitter anheben, du Schwächling. Nun mach endlich!«

»Ich meine... danach. Werden Sie...?«

»Sie wollen wissen, ob mir der Sinn danach steht, ein paar Miezen den Bauch aufzuschlitzen?« Der Hummer lachte mit rasselndem Atem. Das lag vermutlich am Wassermangel. Er machte zwei Schritte auf Watson zu und wedelte dabei mit seiner Knackschere herum.

»Ja, ich war's. Ja, ich habe diese Katzen getötet. Ich habe sie ins Wasser gezogen, aufgeschlitzt und elendig verbluten lassen. Genau so, wie sie es verdient hatten.«

»Wie... Wie meinen Sie das? Warum hatten sie es denn verdient?«

»Weil sie angefangen haben! Sie haben meine Kinder geraubt, meine Brüder, meine Schwestern, ja sogar meine Frau!« Bei diesen Worten schlug er auf das Gitter, sodass es unter Watsons Pfoten vibrierte.

Watson wollte gerade eine Frage stellen, da war Blümchens Stimme von oben zu hören: »Ich schau mal im Keller nach, nicht dass sich so ein Mistvieh nach unten verlaufen hat.«

»Also, was ist?«, fragte der Hummer. »Willst du nun hier raus oder nicht? Mach mich endlich los, wir haben später noch genug Zeit zum Tratschen.«

Watson nickte. Dann zerbiss er die Fesseln des Hummers.

FÜNFZEHN

Sie erreichte ein Schild mit der Aufschrift »Gnadenhof«. Darauf waren zwei in die Jahre gekommene Hähne und eine faltige Kuh abgebildet sowie die Nummer einer Immobilienfirma. Sie bog auf den Feldweg ein. Links und rechts von ihr lagen noch nicht abgeerntete Maisfelder. Sie kroch durch die hohen Pflanzen, erschreckte dabei ein paar Feldmäuse und erklomm schließlich einen Hügel abseits des Feldes. Hinter ihr lag die Stadt in ihrer großen grauen Schlechtigkeit. Als sie ihren Blick wieder umwandte, sah sie in der Ferne dicke dunkle Rauchschwaden in den Himmel steigen. Genau dort musste sich der Hof befinden, den Kali ihr genannt hatte.

Auch das noch! Sie musste so schnell wie möglich dorthin. Sie wählte den Weg durchs Feld, da sie es nicht riskieren wollte, bereits von Weitem entdeckt zu werden. Plötzlich raschelte etwas neben ihr. Sie blieb stehen. Da war das Rascheln wieder. Sie duckte sich instinktiv, auf einen Kampf wollte sie sich nur im allerhöchsten Notfall einlassen, lädiert, wie sie war. Was oder wer dort auch war, es kam genau auf sie zu. Sie machte sich bereit zum Sprung. Im nächsten Moment wurden zwei Maisstauden auseinandergebogen und gaben den

Blick auf einen völlig verwahrlost aussehenden Kater frei. Er trug eine Tüte mit bunten Pillen im Maul. Sein braunes Fell war verfilzt und dreckverkrustet. Seine Haut hing ihm schlaff herab, und seine Augen waren eingefallen. Auf seinem Rücken war ein charakteristischer grauer Streifen zu erkennen, der ihr merkwürdig bekannt vorkam.

»Silberschweif?«, rief sie. »Florian Silberschweif? Was machen Sie denn hier?«

Der Kater reagierte erst nicht. Seine Pupillen waren riesig. Er zitterte am ganzen Leib und gab dann, zeitverzögert, ein erschrockenes Maunzen von sich. Schließlich lief er davon.

»Halt! Bleiben Sie stehen!«, rief die Katzendetektivin. Doch Silberschweif war längst in der nächsten Reihe Maisstauden abgetaucht. Miez Marple stieß einen ganz und gar unlyrischen Fluch aus und rannte ihm hinterher. Von rechts und links peitschten ihr Blätter ins Gesicht. Sie spürte ein Stechen in ihrer Seite. Dieses Mal war es nicht die Freude am Jagen, die sie antrieb. Es war Wut. Wut darüber, dass es offenbar immer ihre Aufgabe war, allem hinterherzujagen, weil es sonst keiner machte. Dieser Fall erinnerte sie an einen verdammten Lichtpunkt an der Zimmerdecke, den man einfach nicht zu fassen bekam, egal wie gut man im Vorhangklettern war.

Der Schlagerstar lief auf den in Flammen stehenden Hof zu, der Brandgeruch wurde immer intensiver. Immer wieder änderte er die Richtung: links, rechts, links, rechts. Lange würde sie das nicht mehr durchhalten. Dann erreichten sie eine Art Lichtung mit ein paar niedergetrampelten Maisstauden. Die Katzendetektivin nutzte das Überraschungsmoment und machte einen Satz nach vorn. Im Flug sah sie, wie sich

Silberschweif nach ihr umdrehte, doch bevor er reagieren konnte, hatte sie sich schon in seinem Nacken festgebissen und ihn zu Boden gedrückt. Nach einer kurzen Rangelei gelang es ihr, ihn zu fixieren. Silberschweif wimmerte wie ein Kätzchen, das in den Brunnen gefallen war.

»Bitte, haben Sie Erbarmen mit mir!« Er drehte sich so weit herum, wie es Miez Marples Griff erlaubte. »Ich kann Ihnen helfen! Ich bin berühmt! Ich kann Ihnen Zugang zu einflussreichen Kreisen verschaffen. Sagen Sie Don Katzino, dass ich ihm helfen kann! Ich habe wichtige Informationen, die...«

Miez Marple blickte ihn verständnislos an. »Was reden Sie da für einen Müll?«

»Don Katzino sollte wirklich aufpassen! Diese Gockel wollen ihr eigenes Ding durchziehen! Sie wollen Don Katzino in der Luft zerreißen, haben sie gesagt. Ich schwöre –«

»Halten Sie doch mal für eine Sekunde die Luft an!«

»Wenn Sie es gleich erledigen wollen, kann ich das verstehen. Ich will nur betonen, wie untröstlich ich bin, dass wir das auf diese Art –«

»Hören Sie endlich auf mit dem Quatsch! Ich bin nicht von der Katzenmafia. Mein Name ist Miez Marple, ich bin gekommen, um Sie zu retten!«

Silberschweifs lädierter Schädel brauchte einen Moment, um diese Information zu verarbeiten. Während er nachdachte, hing ihm seine Zunge ein Stück weit aus dem Maul heraus, was ihm einen mäßig intelligenten Ausdruck verlieh. »Sind Sie wirklich gekommen, um mich zu retten?«

»Um ehrlich zu sein: nein. Nicht direkt. Aber meine Ermittlungen haben mich hergeführt.«

»Also sind Sie von der Polizei?«

»Privatermittlerin. Mein Freund Watson wollte etwas über Sie und Schnurrjenko herausfinden und...«

Bei der Erwähnung von Schnurrjenko füllten sich Silberschweifs Augen mit Tränen. Miez Marple stieg von ihm herunter und putzte ihm die Stelle, an der sie ihn ins Fell gebissen hatte.

»Mein Beileid«, sagte sie.

»Es... Es geht schon. Ich bin zu kraftlos, um noch weiter zu trauern.«

»Können Sie mir denn erklären, was auf dem Hof passiert ist? Waren Sie das mit dem Feuer?«

Und da begann Silberschweif zu erzählen. Von seinem Leidensweg, von den Hähnen und ihren Plänen, Geld von Schnurrjenko zu erpressen und Don Katzino, den Katzengrasbaron, zu stürzen, um den Fortbestand des Gnadenhofs zu sichern.

Während er redete, fiel Miez Marple der Beutel auf, den der Kater hatte fallen lassen. Er musste ihren Blick gesehen haben, der etwas zu lange auf den glänzenden Pastillen ruhte. Für einen kurzen Moment erschien auf seinem Gesicht dieser schelmische Ausdruck, den sie schon aus seinen Videos kannte.

»Sie wundern sich vielleicht, warum ich das mit mir herumtrage, aber ich kann alles erklären«, sagte Silberschweif.

Miez Marple winkte müde ab. »Diese Stadt«, sagte sie und deutete vage in Richtung der Metropole, »ist wie ein ungeputztes Katzenklo. Überall nur Staub und Unrat, der immer aufs Neue aufgewirbelt wird. Keine gesunde Katze hält das nüchtern aus. Ich bin hauptsächlich froh, dass ich Sie gefunden habe. Sobald Kommissar Milky Way eintrifft, müssen Sie ihm alles erzählen.«

»Der Kommissar? Er kommt?«

»Ja, er müsste jeden Moment hier sein.«

»Was Sie nicht sagen.« Der Schlagerstar musterte die Detektivin eingehend. »Sie sehen müde aus.«

»Ich bin es, Silberschweif. Ich bin wirklich nicht mehr sicher, ob ich für diese Art von Arbeit gemacht bin.«

Silberschweif überlegte. Dann setzte er ein breites Lächeln auf, öffnete den Beutel und reichte ihr mit seiner verdreckten Pfote eine der Pillen. »Wie Sie es richtigerweise sagten: Diese Welt sollte keine Katze nüchtern ertragen müssen.«

Miez Marple stutzte. Damit hatte sie nicht gerechnet. Aber noch mehr überraschte sie ihre Neugier. »Wie funktioniert das denn genau? Bisher habe ich nur Teebeutel genommen.«

Silberschweif lachte. »Das ist eine hochkonzentrierte Mischung feinsten Baldrians. Da können Sie zehn Teebeutel schnüffeln und haben nicht einmal eine Ahnung von dem, was Sie hier erwartet.«

»Aber... Ist das nicht gefährlich? Ich meine, man erzählt sich ja allerhand über dieses Zeug.«

»Ich bitte Sie! Das ist im Grunde ein Naturprodukt! Keine Chemie und 100 % ökologisch.«

Miez Marple musterte die Pille in der Pfote des Katers. Eigentlich, dachte sie, eigentlich hatte sie sich wirklich eine kleine Belohnung verdient. Sie war eine brave Ermittlerin gewesen. Mithilfe von Silberschweifs Aussage würde es ein Leichtes sein, Watson zu befreien. Ohne weiteres Zögern nahm sie die Pille.

»Und jetzt?«, fragte sie.

»Legen Sie sich besser hin.«

Für ein paar Minuten geschah nichts. Miez Marple lauschte dem Wind, der durch die Felder rauschte, beobachtete den blauen Himmel, der zunehmend durch Rauchschwaden verdunkelt wurde. Wann hatte sie zuletzt so bewusst innegehalten? Mit einem Mal spürte sie eine leichte Veränderung. Die plattgedrückten Stauden, auf denen sie lag, wurden plastischer. Als sie über die feine Blattstruktur strich, breitete sich ein Kribbeln in ihrer Pfote aus und schließlich im ganzen Körper. Sie sog die Luft ein. Sie war klar und frisch. Es folgten kleine olfaktorische Explosionen. Sie roch Pilze, den warmen Moder des Laubs am Wegesrand und – sie musste schnurren – Popcorn! Auf dem Hof hatte offenbar eines der Maissilos Feuer gefangen und verströmte nun einen Duft, der sie zurückversetzte in die Zeit friedlicher DVD-Abende auf Agathes Schoß. Jeglicher Schmerz und jede Sorge wurden so leicht, dass sie der Wind davontrug.

»Oh, Silberschweif, riechen Sie das auch?«, jauchzte sie und wälzte sich auf dem Rücken hin und her. Die Rauchschwaden am Himmel nahmen lustige Formen an, mit denen sie sogleich spielen wollte. »Sehen Sie! Ein Ball! NEIN! Ein Knäuel! Hahaha!« Mit einem Mal hatte sie große Lust, mit jemandem zu kuscheln und lieb gehabt zu werden.

»Florian? Haaaalloooo«, rief sie, doch es kam keine Antwort. Sie sah nach links, sie sah nach rechts, doch da waren nur Maisstauden. Kein Schlagerkater, kein Pillenbeutel. Panisch drehte sie sich im Kreis. Über ihr wurde der Himmel immer dunkler. Der liebliche Popcorngeruch hatte sich verzogen. Stechender Qualm erschwerte ihr das Atmen.

»Silberschweif!«, schrie sie, doch es kam keine Antwort. Sie sprang auf, und hetzte hustend und würgend los. Der laue Wind hatte sich in ein kräftiges Brausen verwandelt, das Rauschen in ein alles verdrängendes Donnern. Sie rannte blindlings mal nach links, mal nach rechts. Immer wieder rief sie Silberschweifs Namen. Plötzlich sah sie eine Bewegung zwischen den Stauden. Endlich! Ihre Jagdinstinkte waren wieder erwacht. Sie preschte voran, mit ausgestreckten Pfoten. Dieses Mal würde sie sich nicht abschütteln lassen. Sie drückte den flauschigen Körper zu Boden und biss mit aller Kraft zu.

»Hiergeblieben, du Gewöllefresser!«

Zu ihrer Überraschung wurde sie grob gepackt und angefaucht:

»Marple! Sind Sie übergeschnappt?! Runter von mir!«

Kommissar Milky Way sah noch übellauniger aus als sonst. Mit einem Ruck befreite er sich, rückte die Polizeimütze zurecht und putzte sich empört die Pfoten. Die zwei breit gebauten Kartäuser, die ihn begleitet hatten, pressten ihre Klauen in Miez Marples Schultern.

»Darf ich fragen, was Sie hier zu suchen haben, Marple? Und was haben Sie mit meinem Dienstcomputer angestellt?«

»Was meinen Sie? Ich verstehe nicht. Sofort loslassen! Silberschweif ist hier!« Miez Marple deutete mit den Pfoten auf beliebige Stellen im Maisfeld, über dem Monster aus Qualm sie verhöhnten.

»Was soll das heißen? Wir haben das ganze Feld durchkämmt, und alles, was wir gefunden haben, sind Sie!«

»Sehen sie mal ihre Pupillen, Kommissar! Die hat doch irgendwas genommen!«

Milky Way schaute Miez Marple tief in die Augen. »Ich bin jedenfalls hier, weil auf meinem Bildschirm urplötzlich ein riesiges Pop-up mit Ihrem Gesicht und diesen Koordinaten auftauchte, und immer, wenn ich den Mist schließen wollte, tauchten zwei neue Fenster auf. Das nennt man Behinderung der Exekutive, Miez Marple, und es steht unter Strafe!«

»Aber Silberschweif! Er wurde entführt!«

»Was Sie nicht sagen. Aber hier ist er nicht, Marple. Wir haben die ganze Gegend durchsucht. Ja, verdammt, wir waren sogar auf diesem Hof. Doch dort war nur ein Hahn, der wild herumgezündelt hat.«

»Aber Kommissar, Sie müssen mir glauben! Ich habe ihn doch gesehen! Und ich habe noch viel mehr herausgefunden: Die Katzenmafia steckt da mit drin! Es gibt da dieses Video von Don Katzino. Das könnte das Mordmotiv gewesen sein.«

»Das können Sie mir alles auf der Wache erzählen. Dann können Sie mir vielleicht auch sagen, woher Sie dieses Video kennen und warum heute niemand bei der Lösegeldübergabe erschienen ist.«

Miez Marple protestierte, doch die beiden Kartäuser schubsten sie unwirsch in Richtung Landstraße.

In diesem Moment flog eine Drossel vorbei. »Eilmeldung! Ist die Katze aus dem Haus, tanzen die Mäuse – großer Aufstand im Hauptquartier der Katzenpolizei!«

»Das kann doch wohl nicht wahr sein!«, knurrte Milky Way.

»Natürlich ist es wahr, oder halten Sie mich für eine Ente?«, verteidigte sich der empörte Vogel.

Milky Way schnaubte und kratzte wütend an einem Maiskolben, bis kleine gelbe Körner in alle Richtungen flogen. Als der Kolben zerfetzt am Boden lag, drehte er sich um.

»Planänderung. Marple, wir bringen Sie nach Hause.«

»Endlich kommen Sie zu Verstand«, sagte Miez Marple.

»Ich stelle Sie unter Hausarrest!«

»Das ist ja hochinteressant!«, rief die Drossel und flatterte mit dieser neuen Eilmeldung in Richtung Stadt davon.

SECHZEHN

Minki zitterten vor Wut alle Schnurrhaare. Der Tag war eine einzige Enttäuschung gewesen, angefangen mit der Buchhaltung. Ihr war beim Durchsehen der Geldeingänge aufgefallen, dass diese windigen Hähne schon wieder nicht gezahlt hatten. Nach einer kurzen Recherche fand sie außerdem heraus, dass der Lieferant, von dem Don Katzino seine Ware bezog, verschwunden war. Dieser elendige Gauner! Er hatte natürlich den kompletten Vorrat an Katzengras und Baldrian mitgehen lassen. Man musste nur eins und eins zusammenzählen. Diese aufgeblasenen Gockel hatten die Zusammenarbeit mit Don Katzino beendet und wollten nun ihr eigenes Ding durchziehen. Sie hatte es kommen sehen. Sie hatte diesem aufgepumpten Geflügel von Anfang an misstraut. Aber Don Katzino hatte darauf bestanden, den Online-Versand abzugeben. Wie oft hatte sie ihm zu erklären versucht, dass die Distribution über das Netz viel lukrativer und sicherer war, wenn man es selber machte. Aber der werte Katzengrasbaron hatte ja nicht hören wollen. Er war auf seine alten Tage so technologiefeindlich geworden, dass er gelegentlich sogar Computermäuse jagte. Und jetzt, da die Konsequenzen seiner

Entscheidungen sie einholen, lag es an ihr, den Vergeltungsschlag vorzubereiten.

Minki durchschritt den Gästebereich der *Silbernen Pfote*. Fast alle Tische waren belegt. Einige Gäste sahen sich zu ihr um, machten seltsame Menschengeräusche und versuchten, sie mit Futterhappen zu locken, doch Minki ging unbeirrt in Richtung Küche. Sie huschte unter der Schwingtür hindurch und rannte beinahe in einen Menschenkellner, der sie anschrie und es nur knapp schaffte, sein Tablett nicht fallen zu lassen.

»Sergio!«, rief sie. »Wo bist du, wenn man dich braucht?«

Sergio kauerte vor der Kühlkammer. Der wohlgenährte Glückskater miaute beim Klang von Minkis Stimme auf. Ursprünglich war er zur Mäusejagd in der Küche eingesetzt worden, doch kaum eine Maus traute sich heutzutage auch nur in die Nähe der *Silbernen Pfote*. Also verbrachte er die Tage damit, Küchenreste zu sammeln und daraus kleine Menüs für Don Katzino und seine Leute zusammenzustellen.

»Minki! Kann ich dich für ein Carpaccio oder einen Rosmarin-Kürbis-Dip begeistern?«

»Sergio, ich suche Karlito. Hast du ihn gesehen?«

»Ah, der kleine Karlito! Der hat sich wohl eine neue Katzendame geangelt. Ich habe die beiden gestern auf der Terrasse gesehen. Ein intensives Gespräch war das.«

»Dieser einfältige Bettvorleger! Wie sah denn die Streunerin aus? War es diese Twilight? Bitte sag nicht, dass es wieder diese Twilight war!«

Sergio strich sich nachdenklich über sein linkes Ohr. »Nein, die war es nicht. Die hätte ich erkannt. Karlitos Gespielin war grau, wenn ich das richtig gesehen habe. Ein bisschen unheimlich, wenn du mich fragst. Hatte so eine Narbe am Hinterkopf. Aber wenn du mich nun entschuldigen würdest? Ich glaube, da kommt gerade etwas Lachs zurück, den ich dringend inspizieren muss.«

Minki ließ Sergio davoneilen. Dann machte sie sich auf, um Xerxes und die anderen zusammenzutrommeln. Diese Lagerhausmieze hatte ihr Spiel endgültig überreizt.

*

Der Geruch der Freiheit war ein stechendes Beißen in der Nase. Watson hatte Mühe, seinen Mageninhalt bei sich zu behalten. Er stöhnte.

»Stell dich nicht so an, Kleiner. Kannst froh sein, dass du nicht schwimmen musst«, sagte der Hummer unter ihm. Der Stand des Wassers in den Kanälen war so niedrig, dass es den Hummer nur halb bedeckte. Watson stand auf seinem Rücken und trieb wie auf einem Floß durch die Abwässer der Stadt. Ein Floß, das mindestens sieben Katzen auf dem Gewissen hatte. Während Kanalschächte an ihnen vorbeizogen, aus denen lauernde Augenpaare hervorblickten, realisierte Watson, was geschehen war. Er war aus dem Gefängnis ausgebrochen. Er kam sich vor wie ein gewöhnlicher Verbrecher. Ein Leben auf der Flucht? War es das, was ihn erwartete? Wie sollte er jemals wieder Miez Marple unter die Augen treten? Sicher würde Kommissar Milky Way sie überwachen lassen. Vielleicht ließ er sie sogar einsperren. Seit dem Verhör traute Watson ihm alles zu. Miez Marple hatte absolut recht gehabt mit ihrem Rückzug aus der Verbrechensbekämpfung. Vielleicht konnte er die Stadt verlassen und Miez dazu bewegen, mit ihm abzuhauen?

Schweigend trieben sie durch die Dunkelheit, bis sie an eine Stelle kamen, an der sich der Kanal in vier kleinere Röhren aufteilte. Der Hummer manövrierte an den Rand der Weggabelung und setzte den Kater auf einem kleinen Vorsprung ab.

»Und nun?«, fragte Watson.

»Lass mal kurz überlegen, Kleiner. Ist ewig her, dass ich hier war.«

Einige Minuten vergingen, ohne dass einer von ihnen ein Wort verlor. Das Rauschen des Abwassers hallte in den Gängen wider.

»Herr Kneifer«, begann Watson, »gestatten Sie mir eine Nachfrage? Was genau haben Sie vorhin gemeint, als Sie von Ihrer Frau und Ihren Kindern sprachen?«

Der Hummer krabbelte auf ihn zu. Dann richtete er sich vor dem Kater auf, stellte seine spinnenartigen Beine auf den Vorsprung und sah Watson aus tiefschwarzen Augen an.

»Du willst wissen, ob ich ein gefühlloser Killer bin? Ein eiskaltes, gepanzertes Monster?«

Watson sah auf die beiden Scheren links und rechts von ihm.

»Sagen wir: Ich würde gerne Ihre Version hören. Ich kenne ja nur die aus der Presse und das, was man sich so erzählt.«

Kornelius' Kauwerkzeuge zuckten kurz und schwangen dann im Takt seiner Erzählung: »Alles begann vor vielen Jahren, da hast du noch in den Sandkasten gemacht. Meine Frau und ich entkamen den Fängen eines Fischgroßhändlers.

Schnell hatten wir es uns im Hafen gemütlich gemacht. Das Wasser war zwar nicht das Weiche der Muschel, aber hier ließ es sich leben. Man sagt uns Hummerartigen nach, wir hätten keine Gefühle, nur weil unser Nervensystem anders funktioniert. Doch ich kann dir versichern, dass unter dieser Schale«, er klopfte mit der Knackschere auf seinen Panzer, »genug Platz war für meine ganze Familie. Irgendwann kamen dieser Katzino und andere Katzen. Erst schnappten sie sich unsere Kleinen. Ihr Panzer war noch weich und leicht zu knacken. Dann, eines Nachts, holten sie meine Lutetia, kurz nachdem sie sich gehäutet hatte. Und alles nur, weil irgendein Snack nicht mehr produziert wurde, der nach uns geschmeckt hat.«

»*Gourmet Especial?*«, fragte Watson. Er erinnerte sich an die Fressschale-Werbung für diesen berühmten Luxussnack. *Gourmet Especial* – vergiss den Kummer, schmeck den Hummer!

»Keine Ahnung. Vielleicht. Jedenfalls haben wir uns gewehrt. Immer wenn eins von euch Fellviechern auch nur seine Pfote ins Wasser gesteckt hat, habe ich es mir geschnappt. Vielleicht waren hin und wieder auch ein paar Unschuldige dabei, aber das war mir zu diesem Zeitpunkt herzlich egal. Irgendwann haben Milky Way und seine Schergen mich dann geschnappt. Wieder direkt nach dem Häuten, diese Feiglinge. Hab noch einen von ihnen mitgenommen.«

»Aber Sie haben Kommissar Milky Way doch mit Sicherheit in Kenntnis gesetzt über das, was Ihrer Familie angetan wurde?«

Kornelius Kneifer lachte, sodass Watson brackiges Wasser entgegenschwappte.

»Du bist gut, kleiner Kater! Wenn du keine Katze bist, kümmert sich dieser uniformierte Flohzirkus einen Dreck um dich. Niemand nimmt die Perspektive eines Hummers ein. Es heißt die *Katzen*polizei. Nicht die *Mäuse*polizei, nicht *Vogel*polizei und schon gar nicht *Krustentier*polizei.«

»Das tut mir leid«, sagte Watson. Ihm fiel nicht ein, was er an dieser Stelle des Gesprächs hätte sagen können, das nicht unsensibel oder verletzend gewesen wäre.

»So, das war meine Geschichte. Und vor was läufst du davon, Kleiner? Du musst es ja gehörig vergeigt haben, wenn du als Kater in diesem Drecksloch gelandet bist.«

Watson erzählte ihm von der Drogen-Website, von dem Mord an Schnurrjenko und von Silberschweifs Verschwinden. Nachdem er von seiner eigenen Verhaftung berichtet hatte, ließ der Hummer ein befremdliches Zischen verlauten, das wohl ein anerkennendes Pfeifen sein sollte. »Heilige Makrele! Na, das ist ja 'ne richtige Räuberpistole! Mir scheint aber, du stehst auf der richtigen Seite, Kleiner«, sagte er.

»Nur leider in der falschen Stadt«, sagte Watson. Er hatte sich hingelegt, mitten in den Dreck, den Kopf auf den Vorderpfoten, und seufzte. Er fühlte sich müde und kraftlos. Doch der Hummer planschte wütend mit seiner Schwanzflosse. »Du tust ja so, als wäre das ein Grund zum Aufgeben. Ich dulde diesen Katzenjammer nicht. Du überlegst jetzt mal ganz flott, was du machen kannst, um das Schlamassel in Ordnung zu bringen. Wenn du nur rumliegen und dich bemitleiden willst, dann hättest du gar nicht erst mitzukommen brauchen.«

»Zuerst muss ich Miez Marple finden. Bestimmt steckt sie

meinetwegen schon bis zu den Schnurrhaaren in Schwierigkeiten.«

»Aber das wirst du sicher nicht herausfinden, wenn du hier mit deiner Mitleidsnummer die Kanalratten anjaulst, wie dieser klapprige Schlagerstreuner.« Der Hummer krabbelte zurück in den Schlamm und bot dem Kater erneut seinen Rücken an.

»Ich glaube, ich weiß wieder, in welche Richtung der Hafen liegt. Auf dem Weg dorthin gibt es einen Aufgang, den du nehmen kannst. Der führt dich direkt zurück ins Zentrum.«

Watson buckelte und streckte sich und tapste dann vorsichtig zurück auf sein martialisches Floß. Kornelius Kneifer hatte recht. Watson hatte diesen Fall ins Rollen gebracht, und er wollte nicht, dass Miez Marple daran zugrunde ging. Sie trieben eine Weile durch die stinkende Finsternis, bis Watson schließlich einen Lufthauch wahrnahm. Kurz darauf sah er über sich ein Gitter. Einige Sprossen führten nach oben. Er stieg vom Panzer des Hummers und drehte sich noch einmal zu ihm um.

»Hier trennen sich unsere Wege. Viel Glück, kleiner Kater.«

»Ich danke vielmals, Herr Kneifer. Auf dass sie sich bald wieder kreuzen mögen.«

»Ich hoffe nicht«, lachte Kornelius und wollte schon davontreiben, als er plötzlich innehielt. Im selben Moment erschien in der Dunkelheit ein leuchtendes Augenpaar, kurz darauf ein zweites, dann ein drittes. So ging es weiter, bis Watson und Kornelius sich einer Wand aus Augen gegenübersahen.

»Knot mir einer 'nen Oktopus, das hat mir gerade noch gefehlt«, sagte der Hummer und klappte seine Scheren auf.

SIEBZEHN

»Sie muss aber hier sein, Kommissar«, sagte Miez Marple. Ihre Stimme klang dumpf, da sie bis zum Hals in einem von Agathes Sofakissen steckte. Teile der Füllung lagen verstreut auf den Dielen. Um die Detektivin herum standen Milky Way und vier Polizeikatzen, die sie so erwartungsvoll ansahen wie einen leeren Napf in der Früh.

»Ich schwöre Ihnen, gestern Nacht war sie noch hier!«
»Miez Marple, Sie ...«
»Warten Sie! Ich habe noch eine Idee!«

Die Katzendetektivin rannte zu ihrem Schlafkorb und begann, zerkaute Stofftiere, Kissen und Decken zu zerwühlen.

»Oder doch hier?«

Sie sprang auf die Kommode und stieß dabei eine Blumenvase herunter. Ein Schwall abgestandenes Wasser mit Blütenblättern erwischte Milky Way.

»Miez Marple! Hören Sie augenblicklich auf damit!«
»Aber ich versichere Ihnen! Dieses Video präsentiert Ihnen Don Katzino auf dem Silbertablett!«

Milky Way schüttelte sich. Mit durchnässtem Fell sah er noch missmutiger aus als sonst. »Wir haben Ihnen jetzt eine

Stunde lang dabei zugesehen, wie Sie Ihre Wohnung zerlegt haben. Ich kann noch immer nicht sagen, ob Sie komplett ausgenüchtert sind, und selbst wenn dieses Video irgendwo auftaucht, ändert das nichts an dem allgemeinen Desaster.«

Miez Marple schwieg und versuchte vergeblich, ihre Krallen aus ihrer Kuscheldecke zu lösen.

»Ich meine: Silberschweif ist immer noch verschwunden, Schnurrjenko immer noch tot, und als wäre das nicht schon genug, ist unser Hauptquartier anscheinend ein einziges Schlachtfeld. Ich muss dort hin und beim Aufräumen helfen. Und Sie«, er musterte die Katzendetektivin mit strengem Blick, »werden diese Wohnung nicht verlassen. Haben Sie mich gehört? Meine Beamtinnen werden im Garten patrouillieren und Sie im Auge behalten, Marple. Und glauben Sie mir, ich würde Sie nicht so mit Samtpfoten anfassen, wenn Sie mir in der Vergangenheit nicht geholfen hätten.«

Schweren Schrittes trottete der Kommissar in Richtung Katzenklappe. Er hatte bereits eine Pfote hindurchgestreckt, als er sich noch einmal zu Miez Marple umdrehte. »Ich wünschte wirklich, Sie hätten sich aus dieser Sache herausgehalten.«

Bevor sie antworten konnte, war er schon draußen. Die Polizeikatzen wiesen Miez Marple darauf hin, dass jeder Versuch, das Haus zu verlassen, drastische Konsequenzen haben würde. Die Ermittlerin blieb völlig entgeistert zurück und betrachtete das Chaos, das sie angerichtet hatte. Normalerweise hatte sie große Freude daran, Schabernack zu treiben oder Agathes Reaktionen zu testen, indem sie kleine Dinge herunterwarf. Aber jetzt war da keine Freude, nur das Dröhnen eines klaffenden Abgrunds. In der Küche sprang sie auf die Arbeitsfläche und stellte frustriert fest, dass die Dose mit Baldriantee leer war. Vom Fenster aus konnte sie die beiden Beamtinnen vor beziehungsweise auf der Gartenmauer sitzen sehen. Als sie den Blick wieder auf die Arbeitsfläche richtete, stutzte sie. Dort lag ein kleiner Haufen gehackter Tomaten auf einem Schneidebrett. Sie wirkten schon leicht angetrocknet. Auf dem Herd stand ein Topf mit Wasser und daneben eine halb geöffnete Packung Nudeln. Nachdenklich spielte die Katzendetektivin mit einer Fusillo. Wo war Agathe? Es war Donnerstag, und normalerweise war die Schriftstellerin um diese Zeit zu Hause. Vielleicht lag sie noch im Bett? Aber die Katzenpolizei hatte das Haus überprüft, bevor Milky Way sie hineinbegleitet hatte. Sie ließ die Nudel fallen, sprang von der Arbeitsfläche und schlich zum Schlafzimmer. Zu ihrem großen Entsetzen musste sie feststellen, dass die Tür verschlossen war. Ein Schauder lief der Katzendetektivin über den Rücken. In diesem Haus wurden die Türen nie geschlossen. Agathe wusste das und hielt sich in der Regel daran. Miez Marple kratzte an der Schlafzimmertür und jaulte gegen diese kosmische Ungerechtigkeit an. Etwas weißer Lack splitterte ab, doch ansonsten geschah nichts. Wenn Agathe da drin war, dann musste sie sie gehört haben. Schon der Lärm der heruntergefallenen Vase hätte sie aufwecken müssen. Es sei denn... Miez Marple kam ein fürchterlicher Verdacht. Sie stemmte sich mit aller Kraft mit den Vorderpfoten gegen die Tür. Sie miaute und jaulte. Sie schob ihre Vorderpfoten immer höher. Plötzlich stieß sie gegen etwas Metallisches. Die Türklinke! Dass sie nicht vorher daran gedacht hatte. Na klar! Wenn Türen sich nicht durch Miauen öffnen ließen, musste man sie selbst öffnen. Sie umfasste den Griff mit beiden Vorderpfoten und ließ sich fallen. Die Klinke schnappte, doch die Tür blieb verschlossen. Sie versuchte es erneut. Dieses Mal sprang sie vom Boden gegen die Türklinke, bekam den Griff zu fassen und schwang mit der sich öffnenden Tür in den Raum. Er war dunkel. Durch die Rolloschlitze fiel von den Straßenlaternen etwas Licht herein. Ein Auto fuhr draußen vorbei, und der filetierte Scheinwerferschein wanderte durch den Raum. Miez Marple schnüffelte. Es roch nach Agathe, ganz klar. Das Zimmer war schon länger nicht mehr gelüftet worden. Sie sprang auf das Bett mit der kitschigen Rosenbettwäsche. Es war leer. Sie schnüffelte erneut. Da war noch ein Geruch. War es Kali? Nein, die Hackerkatze hatte nach Kupfer und Energydrinks gerochen. Aber diesen Geruch kannte sie ebenfalls. Salzwasser, Algen und eine generelle Fischigkeit. New England. Das konnte doch nicht sein! Doch jetzt, da sie sich auf diese spezielle Duftnote fokussierte, wurde sie ganz klar. Sie folgte der Spur aus dem Schlafzimmer durch die Wohnung. Sie ging zu ihrem Napf, der leergefressen war. Der falsche Forensiker, der getigerte Kater aus der Felinenallee war hier gewesen!

Sie sah zu ihrem Katzenklo. Der wird doch nicht, dachte sie, als sie sich dem Kasten näherte. Sie roch am Eingang. Tatsächlich. Dieser dreiste Kater hatte nicht nur von ihrem Napf gefressen, sondern sogar in ihr Klo gemacht! Nachdem sie den Schock über diese Unverfrorenheit verdaut hatte, setzte sie ihre Analyse fort und begann dabei, ihren Schwanz zu jagen.

Handelte es sich nach dem Anschlag am Brunnen um einen weiteren persönlichen Angriff auf sie? Erst versuchte man, sie umzubringen, und dann kackte man in ihre Privatsphäre? Das roch eindeutig nach Katzenmafia, und das Video war die Verbindung. Aber es war zu wenig, um Don Katzino und seinen Leuten den Mord an Schnurrjenko nachzuweisen, das hatte ihr Milky Way bestätigt. Außerdem schien die Katzenmafia nichts mit Silberschweifs Entführung zu tun zu haben. Das waren laut Florian Silberschweifs Aussage diese Hähne gewesen. Irgendwie ging die Gleichung nicht auf. Angenommen, Don Katzino steckte hinter dem Diebstahl der Festplatte. Angenommen, er wollte diese erniedrigende Aufnahme von sich verschwinden lassen, warum sollte er dann das Risiko eines Mordes eingehen, der unweigerlich die Katzenpolizei auf den Plan rufen würde? Es wäre klüger gewesen, die Festplatte still und heimlich zu klauen, und die Katzenmafia war für ihre Diskretion bekannt. Die entscheidende Frage war also: Wer sonst hatte ein Interesse an Schnurrjenkos Tod?

Plötzlich hörte sie ein Geräusch aus der Küche. Sie stellte die Ohren auf. Ein Ticken, vielmehr ein Klopfen. Geduckt huschte sie zum Türrahmen. Die Polizei war es sicher nicht, denn die hätte ja einfach die Katzenklappe nehmen können. Draußen vor dem Küchenfenster erblickte sie zwei windschiefe Silhouetten. Erst hielt sie sie für eine verspätete Nachwirkung des Baldrians. Doch dann erkannte sie die beiden nächtlichen Besucher. Sie sprang auf die Arbeitsfläche, verfehlte dabei haarscharf die Tomaten, und schob mit der Pfote den Fensterriegel zur Seite. Kühle Abendluft strömte herein.

»Miez Marple! Wir sind gekommen, um Sie zu warnen«, sagte Betti.

»Zu warnen? Kommt schnell rein!« Sie schloss das Fenster wieder, überprüfte, dass keine ihrer beiden Wächterinnen etwas mitbekommen hatte, und sah die beiden Tauben erwartungsvoll an. Die zuckten aufgeregt mit den Köpfen. Berti trug etwas im Schnabel, das sich als kleiner Streifen Papier herausstellte, den er Miez Marple feierlich vor die Krallen legte.

»Als Sie weg waren, haben wir uns die Prophezeiung des Orakels noch einmal genauer angesehen.«

»Ach ja«, sagte Miez Marple. »Die Vergangenheit will mich einholen?«

»Genau«, sagte Berti.

»Exakt«, sagte Betti.

Miez Marple hatte die zwei durchgeknallten Turteltauben sehr ins Herz geschlossen, wünschte sich aber, sie hätten für ihren Besuch einen günstigeren Moment gewählt.

»Es ist eine Zwillingsprophezeiung!«, sagte Berti.

»Die gibt es nur sehr selten«, fügte Betti hinzu.

»Was soll das heißen?«

»Schauen Sie sie sich doch mal genauer an!«

Miez Marple untersuchte den Papierstreifen und entdeckte, dass darunter ein weiterer klebte. Für sie sah es nach einem simplen Produktionsfehler aus und nicht nach einem kosmischen Wink des Schicksals. Generell konnte sie mit Metaphysik nur wenig anfangen. Aber wenn sich die beiden Turteltauben nun schon aufgemacht hatten, um sie zu warnen – vor was auch immer –, dann wollte sie keinesfalls die Spielverderberin sein.

»Geh deinen Problemen auf den Grund, weil sie dich sonst nur hinunterziehen«, las sie laut.

»Hört, hört, das Orakel hat gesprochen!«

»Oh, es hat gesprochen!« Betti und Berti gurrten aufgeregt.

»Aber was soll das denn nun heißen?«, fragte Miez Marple leicht entnervt. »Soll ich meine Probleme lösen und dabei aufpassen, dass mich meine Vergangenheit nicht einholt? Oder ist meine Vergangenheit das Problem, das ich lösen muss?«

»Zwillingsprophezeiungen sind knifflig!«

»Das Orakel spricht, aber auslegen muss man es selbst!«

»Hm. Alles nicht sehr eindeutig. Außerdem habe ich schon mehr als genug Probleme und Rätsel zu lösen. Ach, wenn Watson doch hier wäre!«

Mit einem Mal gurrten die prophetischen Vögel.

»Willst du es ihr sagen, Liebste?«

»Nein, ich war letztes Mal dran mit Erzählen, mach du.« Die beiden sahen sich verliebt an, dann fuhr Berti fort:

»Auf unserem Hinflug haben wir etwas aufgeschnappt. Man könnte sagen, dass die Spatzen es von den Dächern pfeifen: Offenbar gab es im Polizeirevier einen grässlichen Aufstand.«

»Ach das. Davon weiß ich bereits«, sagte Miez Marple.

»Aber wissen Sie auch, dass einige Gefangene entkommen konnten – unter anderem ein gewisser Kornelius Kneifer?«

Miez Marple sah die beiden schockiert an. »Und inwiefern soll mir das bei der Lösung meiner Probleme helfen?«

»Na, Ihr Freund Watson hat es auch geschafft!«

Diese wichtige Information brachte die Katzendetektivin dermaßen aus dem Gleichgewicht, dass sie ins Straucheln geriet und dabei das Schneidebrett hinunterstieß, sodass sich eine blutrote Tomatenlache auf dem Boden verteilte.

ACHTZEHN

Das Scharren mehrerer hundert Krallen hallte von den Kanalwänden wider. Sie hörten Fiepsen, lautes Gekreisch und vereinzelte Satzfetzen aus der Wolke des vieläugigen Monsters emporsteigen.

»Was. Ist. Das?«, fragte Watson ängstlich. Der schwarze Kater stand Rücken an Schwanzflosse mit dem Hummer. Er war kein geborener Kämpfer, aber Miez Marple hatte ihn zumindest die Grundtechniken des Nahkampfes gelehrt.

»Die Kanal-Allianz«, sagte Kornelius. »Das größte Kartell der Stadt.«

Weiter hinten im Tunnel glommen Lichter auf. Das Meer aus Augen teilte sich, und aus der Masse tauchten vier gewaltige Ratten auf – jede von ihnen halb so groß wie Watson. Sie trugen einen grobschlächtigen Ausdruck im Gesicht und neonfarbene Knicklichter um den Hals, die ihnen ein gespenstisches Aussehen verliehen. Hinter ihnen drängten sich hunderte weiterer Ratten auf engstem Raum zusammen. Es waren nicht nur Ratten. Watson sah Mäuse, Hamster, einige Kaninchen und sogar einen Biber.

»Haben wir euch endlich!«

Er brauchte einen Moment, um die Quelle dieser piepsigen Stimme zu lokalisieren. Inmitten der vier leuchtenden Ratten stand eine kleine Feldmaus. Neben ihren massigen Schergen wirkte sie besonders winzig. Mit ernstem Gesichtsausdruck bedeutete sie ihren Begleitern, sich nicht von der Stelle zu rühren, während sie langsam näher kam. Ihre Augen wanderten von Watson zum Hummer und wieder zurück.

»Ihr habt wohl gedacht, ihr kommt ungeschoren davon?«

Kreischender Beifall aus der Menge. Als sich der Lärm gelegt hatte, fuhr die kleine Anführerin fort: »Doch eure Reise endet hier. Vorher möchte ich nur noch wissen, warum ihr es getan habt.«

»Was denn getan?«, fragte Watson empört. Sofort erntete er einen Schwall Beleidigungen. Eine Packung Schlamm – er hoffte zumindest, dass es Schlamm war – traf ihn am linken Ohr.

»Jetzt verkauf mich nicht für blöd.«

»Verzeihung, aber ich habe keine Ahnung, wovon Sie sprechen. Wer sind Sie überhaupt?«, fragte Watson, dessen buschiger Schweif nun kerzengerade nach oben stand.

»Lügner!«, schrie es aus der Menge. »Schlitzt den Lügner auf!«

Die Maus kam noch näher an Watson heran, bis sie nur wenige Zentimeter von seiner Schnauze entfernt stehen blieb.

»Ich bin Speedy die 1573. – oberste Kommandantin von K. A. E. S. E.«

»Käse?«

»Kanal-Allianz Einheimischer Stadtnagetiere und Erdbewohnender. Auch wenn ihr uns in den letzten Tagen mehrfach entkommen seid: Diesmal war's das für euch!«

In diesem Moment sprang eine Ratte aus der Masse hervor. Sie segelte auf Watson zu, doch bevor sie ihn erreichte, prallte sie mit dem Schädel gegen eine gewaltige Hummerschere. Wieder erhob sich Geschrei. Die kleine Maus nahm nicht weiter Notiz von dem Vorfall und fuhr fort: »Vor über tausend Generationen haben meine Vorfahrinnen und Vorfahren die Kanal-Allianz gegründet.«

»Also vor etwa zwei Jahren«, flüsterte Kornelius hinter ihm, der sich wachsam umsah und Watson die Gesprächsführung überließ.

»In einer Stadt, die von Katzen beherrscht wird, müssen die Nagetiere zusammenhalten. Wir Nager haben uns konsequent an die Spielregeln gehalten: Nager unten, Katzen oben. Aber wann immer hier unten die Nahrung knapp wurde, mussten wir uns nach oben wagen. Das alte Spiel, die alte Leier von Katz und Maus, von Habicht und Maus, von Eule und Maus, von Mensch und Maus. Das Spiel ist nicht fair, aber wir wissen, worauf wir uns eingelassen haben. Wenn man lang genug am unteren Ende der Nahrungskette stand, arrangiert man sich mit so einigem. Und doch: Keine der 1572 Generationen vor meiner eigenen musste vergleichbare Grausamkeiten erdulden.«

Watson sah sich um. Auch auf den Sprossen über ihm im Schacht hockten dutzende Ratten und versperrten den Ausweg. Er wandte sich an die Feldmaus. »Hören Sie. Mein Name ist Herbert Louis Jeremia Korbinian Watson. Ich bin ein Freund und Kollege der Privatdetektivin Miez Marple.«

Irritiert sah ihn die Maus an und lehnte sich noch etwas weiter vor, sodass sich ihre Nasen berührten. Ohne zu blinzeln, sah sie ihm in die Augen. Dann drehte sie sich um und flüsterte mit ihren Leibwächtern. Schließlich sagte sie: »Miez Marple? Die Miez Marple, die dafür gesorgt hat, dass sich die terroristische Organisation Mäusegang aufgelöst hat?«

»Genau die!«

»Verstehe. Das war leider vor meiner Zeit. Speedy die 1561. hatte damals das Kommando. Aber diese Miez Marple scheint eine der wenigen Katzen mit Anstand zu sein.«

»Das ist sie auf jeden Fall«, sagte Watson.

»Was machst du dann hier unten? Und wieso bist du mit dem großen Schlitzer unterwegs, ohne dass du deine Eingeweide hinter dir herziehst?«

»Lange Geschichte! Aber könnten Sie mir vielleicht verraten, warum Sie – also die Kanal-Allianz –«

»K. A. E. S. E!«

»Warum Käse so in Aufruhr ist?«

Speedy die 1573. drehte sich um und winkte in Richtung der anderen Nager. Wenige Augenblicke später traten fünf Gestalten hervor. Es waren Mäuse wie sie. Obwohl, nicht ganz. Sie humpelten und keuchten. Ihre Verletzungen sahen grausam aus. Einigen fehlten Körperteile, und alle hatten teils schwere Verbrennungen. Auch fiel Watson auf, dass es sich ausschließlich um weiße Mäuse handelte.

»Das hier sind Wilbur, Nibby, Jerry, Gus und Minnie. Sie sind die letzten Überlebenden der Petrischalen-Enklave.«

Als sie Watsons fragenden Blick sah, fügte Speedy hinzu: »Eine Gruppe von Mäusen, die letztes Jahr aus einem hiesigen Forschungslabor gerettet wurde. Ein Tierschützer, der einen Gnadenhof im Norden der Stadt betreibt, ist mit ein paar anderen Menschen in das Labor eingestiegen und hat die Versuchstiere befreit.«

»Wie kommt es dann, dass ihre Verletzungen noch so frisch aussehen?«

»Für eine Katze bist du gar nicht mal so dämlich. Minnie, erzähl du doch bitte, was letzte Woche passiert ist, wenn es in Ordnung für dich ist.«

Die angesprochene Maus trat vor, sah sich unsicher um und begann so leise und stockend zu sprechen, sodass Watson ihr kaum folgen konnte. Laut Minnies Bericht hatte sie zu einer Mäusefamilie gehört, die sich in einem der ungenutzten Kanäle eingenistet hatte. Dort lebten sie einige Generationen lang, doch dann sei eine Katze gekommen und habe sich mehrere von ihnen geschnappt.

»Gleich mehrere? Wie ungewöhnlich«, bemerkte Watson.

»Sie hat sie auch gar nicht gefressen! Sie hat sie hin und her geworfen und dann mitgenommen. Doch davor...«, Minnie zitterte bei der Erzählung, während Speedy ihr beruhigend den Rücken streichelte, »hat sie uns alle verbrannt. Mit ihren... Mit ihren Augen.«

»Wie bitte?«, sagte Watson, etwas lauter, als er es beabsichtigt hatte. Minnie kreischte auf und rannte zurück in die Menge, die Watson wütend anzischte.

»Das klingt wirklich seltsam. Wie sah denn diese Katze aus?«
Die Mäuse warfen sich unsichere Blicke zu.

»Sie war schwarz, glaube ich.«

»Oder weiß.«

»Na ja, es war Nacht, und Sie wissen ja, was man sich über die Farbe von Katzen erzählt.«

»Interessant«, sagte Watson. »Ich würde der Sache gern nachgehen. Aber dazu müsste ich an die Oberfläche und Miez Marple kontaktieren.«

»Lügner!«

»Macht sie endlich kalt!«

»Nieder mit den Katzen!«

Die Menge wurde wieder unruhig und bewegte sich langsam auf Kornelius und Watson zu. Speedy stand noch immer da und betrachtete den Kater. Die Nager kamen näher und mit ihnen der Geruch nach verdorbenem Essen und Fäulnisgasen. Kornelius präsentierte seine Scheren, damit Watson sich dahinter verstecken konnte.

»Also gut«, schrie Speedy, die mittlerweile vom Getümmel verschluckt worden war. Augenblicklich verstummte der Nagerschwarm.

»Wir werden unsere Rache bekommen. Mit oder ohne eure Hilfe. Aber K. A. E. S. E. wird sich nicht auf ein grundloses Blutvergießen einlassen. Dafür sind unsere Leben zu kurz. Findet diese Mörderin! Wir werden euch beobachten. Und solltet ihr doch etwas mit der Sache zu tun haben, werden wir die Stadt überfluten und euch das Fleisch von den Rippen nagen.«

Nach diesen Worten zogen sich die Nager zurück. Innerhalb kürzester Zeit war der Kanal so leer wie noch vor wenigen Minuten.

»Hör mal, Kleiner. Hier trennen sich unsere Wege nun wirklich. Mit eurem Katzen-Mäuse-Ding will ich nichts zu tun haben«, sagte Kornelius.

Watson sah sofort ein, dass der Hummer lieber in der

Kanalisation bleiben wollte, als die senkrechten Sprossen ins Ungewisse zu erklimmen.

»Dann bleibt mir an dieser Stelle nur, Ihnen feierlich zu danken, lieber Herr Kneifer. Ich wünsche alles Gute und immer eine Handbreit Wasser unter dem Kiel.«

»Beim Klabautermann! Und ich dachte die ganze Zeit, du verarschst mich!«

»Wie meinen?«

»Na, dein höfliches Getue! Aber du meinst das ja tatsächlich ernst. Bist schon schwer in Ordnung, Kleiner.« Kornelius lachte und schwamm in die Dunkelheit hinein. Watson sah ihm lange nach, nahm sich dann noch ein bisschen Extra-Zeit, putzte sich den Schlamm aus der Pfote und musste kurz würgen. Als er damit fertig war, begann er mit dem Aufstieg.

NEUNZEHN

Fluffy Schrödinger schnurrte zufrieden. Die letzten Wochen waren gut verlaufen. Seit Lady McPointer sie kontaktiert hatte, ging es ihr blendend. Zuvor hatte sie als Klappenlose in einer Altbauwohnung nahe dem Universitätscampus gewohnt. Dort lebte sie bei zwei Menschenfrauen, die in einer Forschungseinrichtung arbeiteten. Schon als kleines Kätzchen hatte sie Spielzeuge vorgesetzt bekommen, mit denen sie ihre kognitiven Fähigkeiten trainierte. Kleine Puzzles, in denen Snacks versteckt waren, dreidimensionale Schieberätsel und Gedächtnisspiele auf einem Tablet. Doch irgendwann reichte es ihr nicht mehr, gleichfarbige Fischsymbole in Sekundenschnelle auszuwählen. Sie wollte mehr. Ihr Wissensdrang war schier unersättlich. Sobald morgens in der Früh die Tür ins Schloss fiel, sprang Fluffy auf und saß den ganzen Tag vor dem PC und den Unterlagen der zwei Forscherinnen. Sie lernte das Periodensystem, die Grundlagen der Thermodynamik und natürlich Genetik. Während andere Katzen Schnürbändern hinterherjagten, verfolgte sie die neuesten Ansätze zur Synthese von DNS. Sie hatte viel Zeit, ihr Wissen immer weiter auszubauen, da die zwei Frauen häufig bis spät in die

Nacht im Labor blieben. Futter bekam Fluffy aus einem Futterautomaten, den sie ihr installiert hatten. Sie hatte nichts gegen den emotionslosen Kasten, der immer pünktlich seine Luke öffnete und ihr ein Mahl servierte. Regelmäßig Futter vorgesetzt zu bekommen, ohne dass eine Gegenleistung erwartet wurde, war schließlich der Traum vieler Katzen. Allerdings hatte auch dieser Traum seine Schattenseiten. Wenn die zwei Menschenfrauen am Wochenende zu Hause waren, wurde es stressig. Sie versuchten dann, Fluffy all die Liebkosungen aufzudrängen, die sie ihr unter der Woche nicht geben konnten. Sie wurde gestreichelt, hochgehoben und mit Essen aus der *Silbernen Pfote* überhäuft. Dieser Wechsel von absoluter Distanz und grenzüberschreitender Nähe verwirrte die junge Katze. Sie begann an den Möbeln zu kratzen, wenn sie sich bei ihren Forschungen nicht konzentrieren konnte. Dies hatte zur Folge, dass die zwei Frauen sie aus dem Arbeitszimmer aussperrten und ihr so den Zugang zum Internet und zu den Büchern verwehrten. Schließlich bestanden ihre Tage nur noch aus dem ewig gleichen Trott: aufstehen, putzen, fressen, schlafen, aus dem Fenster sehen und wieder schlafen. Anfangs versuchte sie, ihre Theorien im Kopf weiterzuspinnen, doch mit der Zeit fiel es ihr immer schwerer, den Überblick zu behalten.

Sie war kurz davor, wieder mit ihren Schieberätseln zu spielen, als eines Tages eine graue Katze vor ihrem Fenster auftauchte. Lady McPointer behandelte Fluffy wie eine Schwester, brachte ihr Fachbücher, die sie ihr durch die Scheibe zeigte, und führte lange intellektuelle Diskussionen mit ihr. Zum ersten Mal seit Langem fühlte sich die Wissenschaftskatze wieder gefordert und wertgeschätzt – etwas, das sie in der Gegenwart von Menschen nicht erfahren hatte. Natürlich sprachen sie auch über Menschen, und nach und nach enthüllte Lady McPointer ihr ihre Pläne. Erst da wurde Fluffy klar, dass die graue Katze mit der Narbe am Hinterkopf nicht aus reiner Nächstenliebe vor ihrem Fenster aufgetaucht war.

Bei der Erinnerung an ihren Ausbruch fing Fluffy an zu schnurren. Sie hatte schließlich erkannt, wie mächtig Lady McPointer wirklich war und dass sie ihr folgen musste, wenn sie die Welt verändern wollte. Nachdenklich hob sie das Tuch vom Käfig mit dem Testobjekt TPG-013. Die weiße Maus sah sie aus roten Augen an. Doch etwas war anders als sonst. In ihrem Blick lag nicht die tranceähnliche Zutraulichkeit, die der Erreger normalerweise bei seinem Wirt erzeugte.

»Aahhh, wer sind Sie? Lassen Sie mich raus!« Die Maus sprang von links nach rechts und hämmerte mit ihren winzigen Krallen gegen das Gitter. Das konnte doch nicht sein! Fluffy rannte zum Tisch mit ihren Aufzeichnungen, tippte sich durch Tabellen und Protokolle, um eine Erklärung zu finden, als ein Geräusch sie hochschrecken ließ.

»Lady? Lady, bist du es? Komm schnell her, ich ...«

Ihr stockte der Atem, als anstelle von Lady McPointer eine Gruppe Katzen und Kater auf sie zukam.

»Ja, wo ist sie denn, die Lady?«, fragte die Siamkatze. Links von ihr gingen ein fies dreinblickender schwarzer Devon Rex und rechts ein gigantischer grauer Kater, der eine Stahlklaue anstelle einer Pfote trug.

»Wer ... Wer sind Sie, und was suchen Sie hier?«

»Na, na, begrüßt man so die Vermieterin?«, sagte die Katze.

Der Devon Rex näherte sich dem Käfig mit der nun panisch schreienden Maus.

»Bitte, sagen Sie mir, was Ihr Problem ist, und ich sorge dafür, dass sich alles in Wohlgefallen auflöst!«

Aus dem Augenwinkel sah Fluffy, dass der Mäusekäfig mittlerweile offen stand. Der Devon Rex hielt die Maus, die vor wenigen Stunden noch fröhlich vor sich hin gepfiffen hatte, im Maul und trug sie zu seiner Anführerin, während die Maus wütend protestierte. »Lass mich runter, du elendes Vieh! Wenn K. A. E. S. E. dich findet, bist du fällig!«

»Könnten Sie bitte das Forschungsobjekt zurückbringen? Ich muss dringend ein paar Untersuchungen durchführen.«

Daraufhin kam die weiße Katze auf sie zu. In ihrem Blick lag etwas, das sie schon bei Lady McPointer beobachtet hatte. Eine Entschlossenheit, die weit über den normalen Jagdtrieb hinausging. Das hier war eine Katze, die einen Plan verfolgte, der größer war, als etwas Lachs vom Teller zu stibitzen.

»Ich suche unseren lieben Karlito, aber allen Anschein nach ist er nicht hier. Zufällig ist mir bekannt, dass eine gemeinsame Bekannte von uns sehr genau weiß, wo er sich aufhält. Raus mit der Sprache: Wo ist diese Streunerin?«

Fluffy wollte etwas erwidern. Sie wollte entgegnen, sie solle nicht so abfällig über Lady reden, aber sie war klug genug, um keinen Streit zu provozieren. Andererseits wollte sie ihre Freundin auch nicht verraten. Also tat sie, was jede Katze in einer Situation tun würde, in der sie sich nicht zwischen zwei Optionen entscheiden konnte: Sie putzte sich.

»So, so«, sagte die Siamkatze. »Dann eben so. Xerxes, Cole!«

Die beiden Kater feixten. Augenblicklich sprangen sie auf die Tische und begannen, die Papiere zu zerfetzen und Dinge zu Boden zu werfen.

»Halt, bitte! Hören Sie auf!«

Die weiße Siamkatze sah sie an. In ihrer Pfote wand sich noch immer die Maus.

»Sie hätten sich besser überlegen sollen, mit wem Sie da zusammenarbeiten. Wenn sich Ihre *Lady*«, sie machte eine verächtliche Pause, »an unsere Abmachungen gehalten hätte, hätte es gar nicht so weit kommen müssen. Aber sie hat nicht das geliefert, was sie beschaffen sollte, und nun besitzt sie auch noch die Dreistigkeit, unseren Karlito abzuwerben.«

Sie kam noch etwas näher heran. Fluffy wich zitternd zurück. Als ihr buschiger Schwanz die Backsteinwand berührte, fauchte sie, doch alles, was ihrer Kehle entwich, war ein kläglich Wimmern. Die Siamkatze warf die Maus hoch in die Luft und verschlang sie mit einem Bissen.

»O nein! Bitte, die Maus trägt ihn bereits in sich, den –«

»Wo ist Lady McPointer?!«, fauchte sie Fluffy an.

»Sie... Sie ist in dieser Ruine. Da, wo früher dieses Tierheim war. Gleich... Gleich auf der Rückseite des Stadtparks.«

Ein Lächeln ließ die eleganten Schnurrhaare der Siamkatze erzittern. Dann bohrte sich eine stählerne Klaue in Fluffys Flanke.

»Das war's mit der Zusammenarbeit«, sagte Minki und verließ noch immer lächelnd mit ihren Begleitern das Lagerhaus. Fluffy krümmte sich und sank zu Boden. Alles verschwamm vor ihren Augen, und ein Licht kam auf sie zu. Ob das wohl die Deckenbeleuchtung war? Oder ein delirantes Symptom der Sterbephase? War sie tot oder lebendig? Sie war in einem Dazwischen.

*

Er schlüpfte durch die Katzenklappe, dabei fielen ihm Reste der polizeilichen Versiegelung auf. Drinnen strömte eine Vielzahl verwirrender neuer Gerüche auf ihn ein. In den letzten Tagen mussten hier so einige fremde Wesen ein und aus gegangen sein. Doch den tröstlichen Geruch des eigenen Zuhauses konnte nichts überdecken – im Vestibül duftete es nach teuren Möbeln, Marmorputzmittel und Energydrinks. Er seufzte. Ein guter Snack und ein paar Stunden im Kratzbaumzimmer würden ihm jetzt guttun, dazu vielleicht ein oder zwei Baldriandrops. Die hatte er sich mehr als verdient. Wie lange würde es wohl dauern, bis sie ihn hier aufspürten? Und was war eigentlich mit Schnurrjenkos Familie? Nein, damit wollte er sich jetzt nicht beschäftigen. Er schüttelte sein noch immer empörend glanzloses Fell. Solange ihn niemand vertrieb, würde er bleiben.

Ein Geräusch drang aus den oberen Stockwerken. Da war es wieder! Irgendetwas fiel zu Boden und zersplitterte. Waren vielleicht Fans auf die Idee gekommen, in die Villa einzusteigen, um ein paar Memorabilien zu ergattern? Oder waren es Kriminelle, die versuchten, von seinem Andenken zu profitieren? Wut stieg in ihm auf. Er war doch nicht durch die sprichwörtlichen Höllenfeuer gegangen, um sich jetzt von irgendwelchen Straßenkatzen übers Ohr hauen zu lassen!

Von Zorn gepackt raste er die Treppe rauf. Der Lärm wurde immer lauter. Auf seinem Weg sah er Scherben von Vasen, zerfetzte Polstermöbel und Fotos von ihm und Schnurrjenko, die in Streifen gerissen über den Flur verteilt lagen. Der Eindringling machte sich gerade im Salon zu schaffen. Silberschweif schlich zur Tür. Dann roch er es: Feuer, Rauch und... diese widerliche Mehlwurmpaste! Als er um die Ecke lugte, sah er weiße Schwanzfedern, die wild zitterten. Gerade flog die Füllung des Ledersofas in alle Richtungen. Silberschweif lehnte sich gegen die Tür, die bei seiner Berührung ein leises Quietschen von sich gab.

»Gack!«, schrie der Hahn und fuhr herum. Silberschweif fauchte vor Entsetzen. Die rechte Hälfte von Cäsars Schädel war komplett versengt. Die Federn hingen in verschmorten Rückständen von seinem Hals herab oder fehlten ganz. Mit seinem gelben Auge funkelte er den Kater wütend an: »Du! Gack Gack! Du hast alles versaut, du jämmerlicher Fellball! Du hast diesen völlig übergeschnappten Nero dazu angestiftet, unseren Hof abzufackeln. Du hast wohl vergessen, wer der Boss ist. Ich. Bin. Der. Boss. Pock. Pock. Pock. Poooooooooock!«

Ein markerschütterndes Krähen hallte von den Wänden wider. Silberschweif sprang kurzentschlossen auf das Sofa, um den Hahn von oben zu attackieren. Doch Cäsar folgte ihm mit einem gewaltigen Flügelschlag und hackte nach ihm, traf aber nur das Leder. Florian Silberschweif kratzte und schnappte und riss seinem Angreifer mehrere Federn aus, woraufhin dieser sich zu seiner vollen Größe aufplusterte und ihn mit einem Flügelschlag vom Sofa fegte. Der Kater landete auf allen vier Pfoten und sprang auf die Lehne. Diesmal war er schneller als der Hahn, der Mühe hatte, den flinken Bewegungen seines Gegners zu folgen. Todesmutig warf Silberschweif sich auf den Rücken des Hahns, sodass dieser strauchelte und gegen die Kante des Glastisches krachte. Ein kurzes Knacken, dann herrschte Stille.

Der Schlagerkater rang noch eine Weile nach Luft und begann schließlich, sich in aller Seelenruhe das Fell zu putzen.

ZWANZIG

Sie lag auf dem Rücken, die Pfoten von sich gestreckt, und betrachtete das flackernde Neonlicht im Bubble Heaven. Der Laden wirkte viel größer als beim letzten Mal. Auf der Theke hockten aneinandergelehnt Betti und Berti und starrten die Katzendetektivin vorwurfsvoll an. Sofort fühlte sie sich schuldig. Neben den Tauben tanzte ein quickfideler Florian Silberschweif zu seinem Hit *Ein Snack im Kornfeld*. Sie richtete sich auf und entdeckte, dass sie auf einen Haufen bunter Pillen gebettet gewesen war. Sie versuchte, sie von sich zu stoßen, doch mit jeder Bewegung versank sie tiefer in dem Treibsand aus Pillen. Die Polizeikatze, die sie nicht mit Watson hatte reden lassen, putzte sich hinter den Ohren. Miez Marple schrie sie an, sie solle ihr endlich ihren Freund aushändigen. Die Katze rollte genervt die Augen und verschwand hinter ihrem Tisch. Kurz darauf lag ein blutüberströmter Watson zu Miez Marples Pfoten, der sie aus leeren Augen anstarrte. Sie fiel nach hinten und maunzte. Kommissar Milky Ways Gesicht erschien über ihr und sagte etwas, das sie nicht verstand. Sie strampelte mit ihren Pfoten.

»Miez Marple, hören Sie auf damit!«

Verwirrt sah sich die Detektivin um. Sie lag in ihrem Korb. Um sie herum standen vier Polizeikatzen und ein ihr bestens bekannter Kommissar. Er sah sie mit einer Mischung aus Argwohn und Sorge an.

»Diese Geschichte nimmt Sie ja ganz schön mit. Ich kann es Ihnen nicht verdenken. Die letzten Tage haben mich auch gefühlt um zwei Leben altern lassen.«

In der Tat sah Milky Way furchtbar aus. Sein Fell hing in knotigen Fransen herab, und er atmete schwer.

»Was wollen Sie, Milky Way? Haben Sie endlich eine Zelle für mich? Vielleicht was Geräumiges? Ein Hunde- oder Großtierzwinger wäre toll. Gerne mit Blick nach draußen.«

Der Kommissar seufzte und murmelte etwas Unverständliches.

»Was?!«

»Ich sagte: Tut mir leid.« Er klang zerknirscht.

»Wieso denn das auf einmal? Haben Sie plötzlich Ihr Gewissen wiederentdeckt?«

»Ich kann mich nur wiederholen: Tut mir leid. Wir haben Florian Silberschweif. Er hat Ihre Geschichte mit den Hähnen bestätigt und auch das mit den Drogen. Der Hausarrest ist mit sofortiger Wirkung aufgehoben.«

Miez Marple sprang auf. »Und was ist mit Watson?«

»Der wird natürlich freigesprochen. Silberschweifs Geschichte legt nahe, dass Don Katzino hinter all dem steckt. Außerdem hat das Labor keine Spuren von Watson am Föhn gefunden. Sobald er wieder auftaucht, werden wir ihn offiziell aus der Haft entlassen.«

»Was soll das heißen: *Sobald er wieder auftaucht?!* Sie haben ihn immer noch nicht gefunden?«

Milky Way seufzte.

»Wir haben keine konkreten Hinweise auf seinen Aufenthaltsort, aber er und Kornelius Kneifer sind die Einzigen, die bei dem Aufstand entkommen sind. Wir gehen davon aus, dass Kneifer ihn als Geisel nahm. Wenn wir etwas Neues wissen, geben wir Ihnen Bescheid. Meine Leute sind rund um die Uhr im Einsatz.«

Miez Marple blickte ungläubig von Milky Way zu den anderen Polizeikatzen. Alle sahen schuldbewusst zu Boden. Ihre lächerlichen Mützen saßen ihnen schief auf den Köpfen.

»Verschwinden Sie. Sofort! Ich will Sie hier nicht wieder sehen, bevor Sie Watson nicht gefunden haben!«

»Miez Marple, hören Sie, ich hätte von Anfang an auf Sie hören sollen. Es tut mir –«

»Raus hier!«, fauchte Miez Marple.

»Eine Sache noch: Da waren zwei höchst verdächtige Tauben, die sich hier um Ihr Haus herumgetrieben haben. Zu Ihrer Sicherheit –«

»Raus!«

Die Detektivin sprang vor und fauchte die Beamtinnen und Beamten an, bis sie die Wohnung verlassen hatten. Blaze und Blümchen gingen provozierend langsam und sahen sich grinsend zu ihr um, bevor sie durch die Katzenklappe verschwanden. Die flauschige Ermittlerin atmete aus. Durch das Küchenfenster konnte sie die Einheit in Richtung Innenstadt marschieren sehen. Als sie verschwunden waren, startete sie Agathes Laptop. Das Passwort war seit vielen Jahren dasselbe:

KatziKatzi123. Kali hatte bestimmt lachen müssen bei diesem halbherzigen Versuch einer Sicherheitsvorkehrung. Miez Marple stöberte durch ihren geheimen Suchverlauf. Sie hatte doch in Wikipetia von Kornelius Kneifer gelesen? Der Fall war auf allen erdenklichen Untergrundblogs besprochen worden. Sie klickte sich durch Artikel mit Titeln wie »10 gruselige Fakten über Kornelius Kneifer, die ihr noch nicht wusstet«, »Der Schlitzer aus dem Hafenbecken – die grausamsten Bilder seiner Tatorte« oder »Was uns Bürgermeisterin Magret Scratcher NICHT über Kornelius Kneifer erzählt«. Gerade als sie auf eine Verschwörungstheorie stieß, die den Chefredakteur der *Bellt-Zeitung*, Julian Streichelt der Angriffe bezichtigte, da er auf diese Weise die Reichweite habe erhöhen wollen, öffnete sich geräuschvoll die Eingangstür. Schnell schloss Miez Marple alle Tabs, klappte den Laptop zu und rannte in den Flur. Sie war ungewöhnlich aufgeregt, als sie Agathes Geruch wahrnahm, doch irgendetwas ließ sie ihren Schritt verlangsamen. Das Erste, was der Katzendetektivin auffiel, war, dass die Schriftstellerin das Licht nicht angemacht hatte, obwohl es draußen schon dämmerte. Etwa wackelig ging Agathe durch den Flur. Weder zog sie ihre Schuhe aus, noch schloss sie die Wohnungstür. Miez Marple miaute irritiert. Vielleicht brachte das die Zweibeinerin zur Vernunft. Doch die ging einfach weiter und hob etwas aus einem Regal im Flur, während sich die Katzendetektivin an ihrem Bein rieb. Als Miez Marple aufsah, erschrak sie: Agathe hielt den Transportkorb in der Hand. Miez Marple fauchte ihn an. Noch kein einziges Mal in ihrem Leben hatte sie dieser Korb an einen Ort gebracht, an dem sie sich wohlfühlte. Meistens ging es darin zu diesem brutalen Tierarzt, der sich eine Freude daraus machte, Katzen erst lieb zu umgarnen und dann hinterhältig zu piksen. Sie wollte zurückweichen, doch Agathe war schneller. Sie packte Miez Marple unter den Vorderbeinen, sodass der Körper der Katzendetektivin hilflos in der Luft baumelte. Zwar wehrte sie sich aus Leibeskräften, doch als ihre Verletzung erneut zu schmerzen begann, gab sie die Gegenwehr auf und wurde in die Box geschoben.

Auch beim Hinausgehen vergaß Agathe wieder, die Haustür zu schließen. Das durfte nicht sein! Hier waren schon genug fremde Katzen ein und aus gegangen und hatten von Miez Marples Futter gegessen oder gar in ihr Klo gemacht. Nicht auszudenken, dass dazu jetzt noch fremde Menschen kamen! Sie miaute, um Agathe daran zu erinnern: »Willst du nicht wenigstens die Tür zumachen?« Tatsächlich tat die Schriftstellerin, woran Miez Marple sie erinnert hatte. Na also, dachte diese. War die Menschenfrau also zumindest nicht komplett übergeschnappt.

*

Kaum hatte Watson die Kanalisation verlassen, stürmte auch schon eine gedrungene Gestalt auf ihn zu. Es handelte sich um eine Bulldogge der *Bellt-Zeitung*, die ihn, ohne auch nur eine Sekunde zu zögern, ankläffte und sogleich einen langen Artikel zum Besten gab über Miez Marples Verhaftung, den Hausarrest und ihren durch und durch zweifelhaften Charakter. Watson wimmelte den Hund ab und sah sich um. Er brauchte einen Moment, um sich zu orientieren, und schlug dann den Weg zu Miez Marples Zuhause ein. Wenige Minuten später bog er in die vertraute Straße mit den gepflegten Vorgärten und Gartenzwergfamilien ein. Ihm waren diese Geschöpfe suspekt, und er machte lieber einen weiten Bogen um sie, als er von Garten zu Garten huschte.

Als er das Haus seiner Freundin erreichte, blieb Watson im Schutz einer Hecke stehen. Zwei Wachkatzen hockten im Garten und schlugen mit den Pfoten nach Glühwürmchen. Kurze Zeit später kam Milky Way aus der Katzenklappe, gefolgt von Blaze, Blümchen und einigen anderen Polizeikatzen. Sie marschierten zusammen mit den beiden Wachkatzen direkt an der Hecke vorbei, in der Watson sich versteckt hielt. Der hagere Blaze drehte sich sogar zur Seite und sah sich suchend um, sodass Watson noch ein Stück weiter in die Hecke kroch. Er atmete auf, als er hörte, wie Milky Way Blaze mahnte, nicht so zu trödeln. Watsons Vertrauen in die Exekutive war noch immer tief erschüttert. Gerade wollte er sein Versteck verlassen, als eine Menschenfrau die Straße überquerte. Das war doch Agathe Christiansen! Aber sie schien in keiner guten Verfassung zu sein. Irgendetwas an ihrem Gang wirkte unnatürlich. Sie stapfte torkelnd durch den schlammigen Vorgarten der Nachbarn. Jetzt schloss sie mit ungelenken Bewegungen die Tür auf und ging ins Haus. Wenige Augenblicke später kam sie wieder hinaus und trug einen Transportkorb vor sich her. Darin saß unverkennbar Miez Marple. Was hatte Agathe bloß mit ihr vor um diese Zeit? Es war bereits spät am Abend. Keine Tierpraxis hatte zu dieser Uhrzeit noch geöffnet, nur der Notdienst in der Innenstadt. Seine Freundin im Transportkorb hatte ihm den Rücken zugewandt. Er konnte erkennen, dass etwas an ihrer Seite klebte, das aussah wie Plastik. War sie beim Arzt gewesen und musste zur Nachsorge? In dem Moment fuhr ein Bus vor, in den Agathe einstieg. Kurz überlegte Watson, ob er mit hineinhuschen sollte, entschied sich aber dagegen. Die Busfahrerin der Linie sieben hatte ihn schon einmal hinausgeworfen, als er Miez Marple zum Tierarzt hatte begleiten wollen. Er kannte die Strecke gut, und wenn er sich beeilte und ein paar Abkürzungen nahm, würde er die beiden locker einholen können.

Zumindest dachte er das. Doch als er gut zwanzig Minuten später vom Dach des tierärztlichen Notdienstes aus auf den tosenden Strudel aus Lichtern unter ihm starrte, war von Miez und Agathe weit und breit nichts zu sehen. Wenn er doch nur ein paar Minuten früher beim Haus der Detektivin gewesen wäre!

»He, Sie da! Sie sehen aus, als könnten Sie Hilfe gebrauchen.«

Watson sah sich um, konnte jedoch niemanden entdecken.

»Huhu! Hier oben!«

Über seinem Kopf zog eine Taube ihre Kreise und sah auf ihn hinab.

»Wenn Sie Miez Marple einholen wollen, Kater Watson, dann sollten Sie den Weg in Richtung Osten einschlagen!«

Watson sortierte in seinem Kopf noch, welche Fragen und in welcher Reihenfolge er sie dem Vogel stellen sollte, als eine zweite Taube auf dem Dach landete.

»Betti-Schatz! Sie sind am Stadtpark ausgestiegen. Ganz in der Nähe dieses abgebrannten Gebäudes. Du weißt schon, wo Gerti und Gerta mal gewohnt haben.«

»Moment!«, rief Watson. »Doch nicht etwa beim alten Tierheim Sonnenfroh?«

»Doch, genau da! Los, Kater Watson, folgen Sie dem Ruf des Schicksals!«

»Das Orakel hat gesprochen!«

Watson sah die beiden Tauben verwirrt an. Offenbar hatte Miez Marple während ihrer Ermittlungen merkwürdige Freundschaften geschlossen. Er bedankte sich, ohne weitere Fragen zu stellen, und machte sich auf den Weg zu jenem Ort, der ihn noch immer bis in seine tiefsten Träume hinein verfolgte.

EINUNDZWANZIG

Miez Marple hatte die ganze Fahrt über ruhig in ihrem Transportkorb gelegen und durch die Gitter die Stadt draußen vorbeifliegen sehen. Was hatte Agathe um diese Zeit bloß vor? Wollte sie vielleicht in den Urlaub, und sie sollte mal wieder bei einer von Agathes Freundinnen abgegeben werden? Die letzten Male hatte diese grässliche Frau Pfeiffer auf Miez Marple aufgepasst, aber die wohnte in derselben Straße wie Agathe. Agathe würde sie doch nicht einfach so weggeben? Schuldbewusst musste Miez Marple an das zerkratzte Sofa denken. An die zerbrochene Tasse von letzter Woche …

Nanu? Die Gegend da draußen kam ihr so merkwürdig bekannt vor. Plötzlich zog sich etwas in ihr zusammen: Es war der Teil der Stadt, den sie all die Jahre über gemieden hatte!

Der Bus hielt, und die Detektivin kratzte nervös an ihrer Schmusedecke. Mit einem Zischen öffneten sich die Fahrzeugtüren, Agathe stieg aus. Durch die Gitter des Transportkorbs registrierte Miez Marple vorbeifahrende Autos, ausgewachsene Menschenkörper, die Agathe auswichen, und Kinder, die aufgeregt auf den Transportkorb zeigten. Agathe bog einige Male ab, überquerte eine Straße, und plötzlich erkannte Miez Marple den Weg wieder. Das war doch unmöglich! Als sie die Bäume des Stadtparks roch, begann sie zu zittern. Hier war es, hier war sie vor etlichen Jahren dem sicheren Tod entkommen. Hier hatte alles angefangen.

Und dann sah sie es: die verkohlte Ruine des Tierheims Sonnenfroh. Das Grundstück war ein einziger Schandfleck, verglichen mit dem gepflegten Stadtpark daneben. Von den ehemals drei Gebäudetrakten stand nur noch einer, die übrigen waren bis auf die Grundmauern niedergebrannt. Unkraut wucherte rings um den verkohlten Schutt. An den Wänden prangten Graffiti. »Mach kaputt, was dich kaputtmacht« stand in roten Lettern über dem Eingang. Um die Ruine hatte man einen Bauzaun errichtet. Verwitterte Plakate verschiedenster Bau- und Immobilienfirmen zeugten von den Versuchen, den Ort zu sanieren oder zu verkaufen. Doch in all den Jahren war nichts geschehen.

Wie auf einen geheimen Befehl hin stellte Agathe Miez Marples Korb ins Gras und öffnete den Riegel. Dann schob sie den Zaun zur Seite und näherte sich der Ruine. Völlig verdattert blieb Miez Marple in ihrem Korb sitzen. Was auch immer hier vorging, sie musste es herausfinden!

Agathe war bereits durch den Eingang verschwunden, als Miez Marple ins Freie trat. Menschen, dachte sie verächtlich, immer, wenn man denkt, man hat sie durchschaut, machen sie irgendetwas vollkommen Absurdes. Sie holte tief Luft und stieg über die Türschwelle. Der Empfangsraum hatte nur noch drei Wände. Die abgebrannten Teile des Gebäudes hatte sie nie von innen gesehen, und nach all den Geschichten, die sie gehört hatte, konnte sie froh darüber sein. Kein Tier, das dorthin gebracht wurde, war lebend oder bei Verstand zurückgekehrt. Sie folgte Agathes Geruch, eine Mischung aus alten Büchern und Bioladen.

In der Ecke, in der sie sich früher mit Watson um Snacks gezankt hatte, erkannte sie den grünen Schrank, in den sie ihre ersten Verse geritzt hatte, und sogar eine der kitschigen Decken, auf denen sie immer geschlafen hatte. Jetzt lag sie vermodert unter den Überresten eines rostigen Käfigs. Sie bog in einen Gang ein, an dessen Ende das Büro von Pfleger Ratched gewesen war. Die Tür stand einen Spalt breit offen. Als sie sich mit den Vorderpfoten dagegen lehnte, schwang sie ganz auf und gab den Blick auf eine groteske Szenerie frei. Das Zimmer selbst schien von dem Feuer verschont geblieben zu sein, doch über der gesamten Einrichtung lag eine dicke Staubschicht. Miez Marple blickte auf die Rückenlehne eines Schreibtischstuhls. Links daneben saß ein getigerter Kater und grinste Miez Marple frech an. Sie identifizierte ihn als den falschen Forensiker aus der Felinenallee. Ihre Überraschung wuchs, als sie erkannte, wer sich auf der rechten Seite des Sessels befand: Agathe Christiansen kniete auf allen vieren und sah Miez Marple an. Sie hatte noch immer diesen verwirrten Gesichtsausdruck und schien ins Leere zu starren. Was war nur mit ihr los?

»Da ist sie ja endlich«, sagte der getigerte Kater und blickte zu dem Sessel hoch. Er legte eine Pfote an die Sitzfläche und gab dem Sessel einen leichten Schubs, sodass er herumdrehte und den Blick auf eine graue Katze freigab, die mit einer Pfote den Kopf der knienden Menschenfrau tätschelte.

»Miez Marple, ich habe dich erwartet«, sagte die Katze.

Die Pupillen der Katzendetektivin weiteten sich vor Schreck und wanderten zwischen den zwei Katzen und Agathe Christiansen hin und her. Ihr stockte der Atem. Sie kannte diese graue Katze!

»Lissy? Du?«

»Ich hatte schon Sorge, dass deine Kombinationsfähigkeit in Mitleidenschaft gezogen wurde.«

»Aber du bist doch damals in dem Feuer umgekommen! Was soll das alles hier, Lissy?«

»Zuallererst, meine Liebe: Lissy ist tot. Diesen Namen habe ich abgelegt. Ich bin jetzt Lady McPointer.«

»Aber was ist mit dir passiert? Warum sind wir hier? Was macht Agathe hier? Warum benimmt sie sich so seltsam?«

»Nur mit der Ruhe, Miez. Ich habe dich hierherbringen lassen, weil wir einiges zu bereden haben. Aber hübsch der Reihe nach. Erinnerst du dich noch an unsere Tierpflegerin im Sonnenfroh? Die mit den roten Wangen, die bei uns immer das Wasser ausgetauscht hat?«

»Ja natürlich. Sie hat uns auch immer ein bisschen länger draußen spielen lassen.«

»Genau von dieser niederträchtigen Kreatur rede ich.«

»Wie meinst du das? Sie war doch um einiges netter als Ratched. Der hat mich immer am Schwanz hochgehoben und ihn mir dabei fast ausgerissen!«

»Natürlich, Ratched war ein Monster. Aber das waren alle in diesem Tierheim. Denn es war diese liebe, rotwangige Bestie auf zwei Beinen, die mich eines Tages ins Labor gebracht hat.«

»Ich erinnere mich! Du warst auf einmal weg. Das war eine

Woche vor dem Feuer. Was haben sie im Labor mit dir gemacht? Und wie bist du da rausgekommen?«

»Ich erspare dir die unschönen Details. Nie wieder in meinem Leben möchte ich solche Schmerzen erdulden müssen, so viel ist sicher. Interessant, dass du diese Fragen jetzt erst stellst.«

»Aber Lissy... Lady... Ich hatte doch keine Ahnung, was dort vor sich ging. Dieses Labor, von dem du redest – alle ahnten etwas, aber wir hatten Angst, selbst dort zu landen. Bitte, du musst mir glauben, jahrelang habe ich mich gefragt, was mit dir geschehen ist! Ich kann noch immer nicht fassen, dass du lebst.«

Lady McPointer grinste und fuhr dann damit fort, der auf dem Boden knienden Agathe mit der Pfote den Kopf zu tätscheln. »Ja«, sagte sie, »das habe ich mir gedacht. Ich bin dir auch nicht mehr böse. Jetzt nicht mehr. Natürlich habe ich mich gefragt, warum meine heißgeliebte Freundin Miez nicht nach mir gesucht hat. Lange habe ich mich von dir verraten gefühlt. All die Ausbruchspläne, die wir gemeinsam geschmiedet haben! Und dann lässt mich die süße kleine Miez Marple einfach hängen...«

»Es tut mir so leid! Hätte ich das geahnt... Ich hatte solche Angst und...«

Lady McPointer winkte ab. »Ich weiß. Das habe ich später erst verstanden, als ich etwas Zeit zum Nachdenken hatte.«

»Aber wie bist du denn nun dem Feuer entkommen?«

»Als im Labor alles brannte und das Feuer auf das Tierheim übergriff, wollte ich nur noch davonlaufen. Doch dann hat mich irgendetwas am Kopf erwischt. Ich muss einige Stunden lang bewusstlos gewesen sein. Erst die Feuerwehr hat mich aus den Trümmern geborgen. Ich mache dir ja gar keinen Vorwurf, dass du mich nicht gesucht hast, obwohl du ja jetzt eine Detektivin bist...«

Bei diesen Worten glaubte Miez Marple, Häme auf dem Gesicht ihrer alten Freundin zu sehen.

»Lady, ich *habe* dich gesucht! Monatelang habe ich mich durchgefragt. Ohne diese Suche in der Unterwelt wäre ich vielleicht nie Detektivin geworden. Aber du warst verschwunden! Irgendwann musste ich mir eingestehen, dass du nicht überlebt hattest. Ich lag falsch. Es tut mir so leid.«

»Ach, Miez, ich habe dir längst verziehen. Denn ich weiß jetzt, dass Katzen nicht der Feind sind. Die Menschen sind es. Wie sollte ich dich für ihre Gräueltaten verantwortlich machen?« Sie sah abfällig auf die vor ihr kniende Agathe Christiansen hinab, als plötzlich die Tür aufdonnerte. Fünf Katzen betraten den Raum. Miez Marple erkannte den blauäugigen Kater mit der Stahlklaue, mit dem sie am Brunnen unliebsame Bekanntschaft gemacht hatte. Neben ihm standen eine elegante weiße Siamkatze und der Katzengrasbaron Don Katzino höchstpersönlich. Dahinter, dicht gefolgt von einem fies dreinblickenden Devon Rex, sah sie einen vertrauten kleinen schwarzen Kater.

»Watson!«, rief die Katzendetektivin zärtlich und wollte gleich zu ihrem Freund laufen. Doch der Kater mit der Stahlklaue stellte sich ihr in den Weg.

»Verzeih mir, Miez! Ich habe mich draußen überrumpeln lassen«, sagte Watson kleinlaut.

»Leider, leider muss ich eure kleine Wiedersehensfeier unterbrechen, denn...«, Don Katzino stockte kurz und schnurrte irritiert auf, als er die kniende Agathe Christiansen sah. Dann fuhr er fort: »Lady McPointer! Meine Geduld ist am Ende. Mir ist egal, was Sie hier für Spielchen spielen. Und mit wem«, dabei blickte er den getigerten Kater vorwurfsvoll an. »Minki und meine Leute haben das Lagerhaus gesichert. Betrachten Sie das als fristlose Kündigung und geben Sie mir endlich die verdammte Festplatte!« Miez Marple beobachtete, wie der getigerte Kater versuchte, sich unauffällig hinter dem Schreibtischstuhl zu verstecken »Karlito! Du kommst sofort mit uns. Was fällt dir ein, hinter meinem Rücken Geschäfte mit dieser Streunerin zu machen?« Der Angesprochene lugte vorsichtig hinter dem Sessel hervor und trottete dann mit gesenktem Kopf in Richtung seines Onkels.

»Warte doch, Tigerchen! Was hatten wir besprochen?« Lady McPointers Stimme klang glockenhell.

»Karlito, komm her, wir gehen in die *Silberne Pfote*. Dort können wir in Ruhe über alles sprechen«, säuselte jetzt die Siamkatze.

Der junge Kater stand ratlos in der Mitte des Raumes und sah zwischen Lady McPointer und seiner Familie hin und her.

»Beweg endlich deinen pelzigen Hintern, du Nichtsnutz!«, brüllte der Katzengrasbaron, dem langsam der Geduldsfaden riss.

»Don Katzino, bitte zügeln Sie Ihr Temperament. Tigerchen, könntest du bitte die Festplatte holen und kurz mal hier vorne ablegen?«, warf Lady McPointer mit samtiger Stimme ein.

»Karlito, zum letzten Mal! Ich. Bin. Dein. Onkel. Ich bin es, dem du Gehorsam schuldest!«

Doch dieser sah seinem Onkel fest in die Augen. »Nein!«, sagte er kurz, ging mit stolz erhobenem Schwanz in den hinteren Teil des Raumes, kam mit der Festplatte im Maul zurück und legte sie wortlos vor dem Drehsessel auf dem Boden ab. Dann wandte er sich an seinen Onkel: »Onkel Katzino, ich habe immer getan, was du wolltest, aber nie war es gut genug. Die Lady war freundlich zu mir, sie respektiert mich und ...«

Don Katzino begann zu toben, als er begriff, was das bedeutete. »Aber das irre Miststück hat dir die Pfote verbrannt!«, rief er aufgebracht.

»Ja, Onkelchen, aber es musste doch sein! Die Polizei hätte mir sonst auf die Schliche kommen können! Und dann wäre ich wegen Mordes drangekommen.«

»Moment mal«, warf Miez Marple ein. »Du bist der Föhn-Mörder? Du hast Schnurrjenko umgebracht? War das etwa ein Geständnis?«

»Ruhe!«, ging Lady McPointer dazwischen. »Miez, beherrsche dich! Erst einmal wollen wir uns um diese kleine Familienangelegenheit kümmern. Tigerchen, geh bitte zur Seite.«

Karlito zog sich wieder hinter den Sessel zurück, während Lady McPointer ihren Blick auf die Festplatte richtete.

»Was soll dieser Zirkus?« Minki, die Don Katzinos Tatenlosigkeit nur schlecht ertragen konnte, übernahm das Kommando. »Xerxes, schnapp sie dir! Cole, du holst dir Karlito!«, befahl sie.

Doch bevor die zwei Kater losstürmen konnten, begannen Lady McPointers Augen zu leuchten. Es war ein anziehendes Leuchten, intensiv und rot. Auch auf dem Festplattengehäuse waren jetzt zwei helle rote Punkte zu sehen. Sofort hatte Miez Marple den Drang, danach zu hauen. Sie hatte die Pfote schon ausgestreckt, als der Datenträger plötzlich in Flammen aufging. Die Katzendetektivin erschrak und wich zurück, genau wie Minki, Don Katzino und ihre Begleiter. Im nächsten Moment nahmen die Augen von Lady McPointer wieder ihre natürliche grüne Farbe an. »Damit dürfte dieses Problem gelöst sein«, sagte sie und lächelte zufrieden.

Miez Marple blickte die graue Katze fassungslos an. Ihre Freundin aus früheren Tagen war nicht wiederzuerkennen.

Sie machte ihr Angst.

ZWEIUNDZWANZIG

Don Katzino war der Erste, der nach dem entsetzlichen Vorfall mit dem Datenträger seine Stimme wiederfand. »Jetzt kriegt euch mal wieder ein! Ein bisschen Hokuspokus, mehr ist das nicht«, krächzte er. »Karlito, kommst du jetzt endlich? Und Sie, Lady McPointer, lassen sich nie wieder in meinem Teil der Stadt blicken!«

Belustigt sah Lady McPointer von ihrem Drehsessel auf den Katzengrasbaron hinab.

»So? Ich dachte, wir hätten eine Abmachung? Ich sorge dafür, dass das Video verschwindet, und kann im Gegenzug Ihre Lokalität weiter nutzen? Sie sind doch ein ehrbarer Geschäftskater, der zu seinem Wort steht, oder irre ich mich da, Don Katzino?«

»Ich? Ich habe Ihnen meinen nichtsnutzigen Neffen geschickt, damit er Ihnen zur Pfote geht. Das war Teil des Deals, den Sie gebrochen haben. Sie hatten kein Recht, ihn weiter zu beschäftigen.«

»Aber Onkel«, rief Karlito mit bebender Stimme. »Ich arbeite jetzt für Lady McPointer. Ich gehe meinen eigenen Weg, den Weg des Tigers!«

Unterdessen hatte Watson die allgemeine Verwirrung genutzt und sich zu Miez Marple geschlichen. Gemeinsam hatten sie sich in eine Ecke verzogen, um von dort das weitere Geschehen zu verfolgen.

»Karlito, Herzchen«, surrte Minki sanft. »Ich werde ein ernstes Wörtchen mit deinem Onkel hier reden, wenn er dich noch einmal schlecht behandelt. Du hast recht. Du bist ein Tiger, du solltest deine eigenen Entscheidungen treffen. Aber dein Platz ist in der *Silbernen Pfote*. Ich bitte dich, komm mit uns und lass uns in Ruhe über alles reden.«

»Minki, du bist wohl nicht auf allen vieren gelandet?!« Katzino fauchte.

»Halt endlich die Schnauze! Du hast jetzt lang genug auf deinem verfilzten Hintern gesessen. Ich habe die letzten Tage alles aufgeräumt, was du versaut hast. Schlimm genug, dass die Ware jetzt weg ist. Ich lasse nicht zu, dass du auch noch unseren Karlito vergraulst!«

Karlito kratzte sich verlegen mit einem Hinterbein am Kopf. »Schwörst du, dass es anders wird, Tante Minki?«

Minki nickte.

Ängstlich sah Karlito am Sessel hoch. »Lady, ich ... ich ...«

»Feigling!«, kam es aus der Höhe. »Von wegen Tiger! Jede Hausmaus würde sich über einen wie dich kaputtlachen!«

»Hören Sie auf!«, fuhr Minki dazwischen. »Sie haben ihm genug wehgetan! Karlito gehört zur Familie und weiß das auch. Sie glauben doch nicht, nur weil Sie kurz mit den Augen rumfunkeln, rennt der Junge hinter Ihnen her? Sie haben Don Katzino gehört: Unser Deal ist geplatzt. Räumen Sie Ihren Müll weg, und dann verschwinden Sie aus dem Lagerhaus!«

»Na ja, das, was davon übrig ist«, sagte da der schwarze Devon Rex hinter vorgehaltener Pfote zu dem Kater mit der Stahlklaue. Beide lachten.

»Was soll das heißen?«, fragte Lady McPointer.

»Nun«, sagte Minki, »da Sie Ihre Schulden nicht beglichen haben, haben wir das für Sie erledigt. Das gehört bei uns zum Service. Und da wir Sie nicht angetroffen haben, war Ihre Mitarbeiterin so freundlich, den Preis zu entrichten.«

»Minki! Habt ihr die nette Wissenschaftlerin etwa umgebracht?«, fragte Karlito entsetzt.

»Vielleicht lebt sie noch, vielleicht nicht. Da müsste jemand mal nachsehen«, kicherte der Devon Rex.

»Hm. Das ändert die Sache natürlich. Karlito, geh schon mal zum Lagerhaus am Hafen und schau, ob Fluffy in Ordnung ist. Ich erledige das hier und komme gleich nach.«

»Niemand geht hier irgendwohin!«, schrie Don Katzino. »Xerxes! Cole! Schlitzt sie auf!«

»Wir sollten uns jetzt besser zurückziehen«, flüsterte Miez Marple Watson zu. Der nickte. Flink huschten sie hinter den wuchtigen Schreibtisch. Keinen Augenblick zu früh, denn von dort sahen sie, wie sich Lady McPointer mit einem mächtigen Satz auf den schwarzen Devon Rex stürzte. Dieser schaffte es noch, den ersten zwei Hieben auszuweichen, doch dann rammte Lady McPointer ihn mit unglaublicher Kraft gegen die Wand, wo er zu Boden sackte und reglos liegen blieb.

»Was ist mit Lissy?«, fragte Watson alarmiert.

»Schsch! Sie nennt sich jetzt Lady McPointer, und glaub mir, du möchtest lieber nicht, dass sie auf dich aufmerksam wird. Was auch immer Ratched und seine Leute im Labor mit ihr gemacht haben – sie ist hochgefährlich. Wir müssen hier weg, Watson. Meine Verletzung hindert mich am Kämpfen, und du allein, mit Verlaub, hast gegen die nicht den Hauch einer Chance.«

»Und was ist mit Agathe, Miez?«

»Keine Ahnung, aber ich fürchte, Lissy hat ihr irgendwas gegeben. Wir können sie unmöglich zurücklassen. Lass uns versuchen, Agathes Aufmerksamkeit auf uns zu lenken.«

Ein Schrei ließ Watson und Miez Marple herumwirbeln. Xerxes lag auf dem Rücken und krümmte sich vor Schmerzen. Ein Teil seines Fells stand in Flammen. Er versuchte das Feuer zu ersticken, indem er sich auf dem Boden herumwälzte. Der getigerte Kater rannte derweil kopflos und kläglich miauend im Kreis herum. Weder Lady McPointer noch Minki oder Don Katzino kümmerten sich um ihn. Jetzt hatten sie die graue Katze in eine Ecke gedrängt. Immer wieder flammten deren Augen rot auf, doch die beiden waren flink und hüpften jedes Mal zur Seite, bevor der Laser ihnen etwas anhaben konnte. Plötzlich drehte sich Lady McPointer zur Seite, sprang hoch und rannte senkrecht die Wand hinauf. Schon setzte Don Katzino ihr nach, doch er strauchelte, fiel nach unten und landete fluchend auf allen vieren. Minki war deutlich geübter im Klettern, im Nu war sie bei Lady McPointer. Sie holte zum Schlag aus und traf ihre graue Gegenspielerin am Hinterbein. Die jaulte und fiel hintenüber. Im Fallen richtete sie ihre rot leuchtenden Augen auf Minki. Diese konnte sich gerade noch rechtzeitig von der Wand abstoßen, bevor dort zwei qualmende Löcher entstanden.

Miez Marple und Watson hatten sich unterdessen an Agathe herangeschlichen. Sie kniete immer noch da wie in Trance, als wäre es völlig normal, dass ein wilder Haufen Katzen mit Stahlklauen und Laseraugen aufeinander einprügelte. Miez Marple schnurrte und rieb sich an Agathes Bein. Und tatsächlich – die Liebkosung zeigte Wirkung. Agathe streckte ihre Hand aus und fing an, Miez Marple zu kraulen. Miez Marple lief ein paar Schritte Richtung Tür und ließ ein aufforderndes Schnurren vernehmen. Agathe kroch auf Knien hinter ihr her und setzte die Streicheleinheiten fort.

Miez Marple sah hinüber zu den drei Kämpfenden. Lady McPointer war gerade dabei, dem Katzengrasbaron mit ihrem Laser das Brustfell anzusengen, wurde aber von Minki attackiert und von den Pfoten gerissen. Cole und Xerxes lagen regungslos auf dem Boden herum.

»Ich hoffe, sie bleibt nicht so«, flüsterte Watson der Katzendetektivin zu. Was auch immer Lady McPointer mit Agathe angestellt hatte, es war zutiefst verstörend. Immerhin schien die Menschenfrau ihnen brav zu folgen. Sie hatten sie schon beinahe bis zur Tür gelockt, als eine neue Dynamik ins Kampfgeschehen kam. Der getigerte Kater hatte seine zwischenzeitliche Verwirrung offenbar überwunden und war auf den Tisch gesprungen. Mit einem Selbstbewusstsein, das Miez Marple ihm gar nicht zugetraut hätte, brüllte er: »Aufhören! Sonst gibt es Tote!«

»Das sagst ausgerechnet du?«, keuchte Don Katzino.

»Onkelchen! Du schleichst dich jetzt besser.«

»Ha! Undankbarer kleiner Wicht! Wenn ich gewusst hätte, dass du mir in den Rücken fällst, hätte ich deiner Mutter gesagt, dass sie dich ersäufen soll. Dann wäre mir dein ganzes Tigergehabe erspart geblieben. Und nun geh mir aus den Augen!«

Doch Karlito blieb, wo er war, und starrte seinen Onkel mit großen Pupillen an.

»Ich habe gesagt, du sollst Karlito in Ruhe lassen! Entschuldige dich sofort!«, heulte Minki, doch keiner der beiden Kater beachtete sie. Karlito bebte vor Zorn. Er warf sich auf seinen Onkel. Doch der massige Don Katzino verpasste ihm einen Prankenhieb und drückte ihn mit ausgefahrenen Krallen in den Staub.

»Sieh es endlich ein: Du bist keine verdammte Großkatze! Du bist nichts anderes als ein verschissenes kleines Kätzchen, das sich den lieben langen Tag in meinem Lokal den Bauch vollschlägt! Auf meine Kosten!«

»Katzino! Aufhören! Bist du wahnsinnig geworden?«, zischte Minki, während Lady McPointer vergnügt das weitere Geschehen beobachtete, das nun in ein grausames Kräftemessen zwischen Onkel und Neffe ausartete. Erst als Karlito winselnd am Boden lag und nach Luft rang, rührte sie sich. Doch anstatt selbst einzugreifen, sah sie hinüber zu Agathe Christiansen, die schon fast zur Tür hinausgekrochen war. In einem seltsam hohen Tonfall säuselte sie: »Agathe, könntest du bitte diese vier Störenfriede entfernen und das gute Tigerchen befreien?«

Miez Marple und Watson sahen sich verwirrt an. Agathe, die ihnen bis eben noch treu wie ein kleines Kätzchen gefolgt war, drehte sich abrupt um und stand auf. Mit schlafwandlerischer Sicherheit ging sie auf Don Katzino und Karlito zu, packte den Katzengrasbaron und griff mit der zweiten Hand die überraschte Minki am Nacken. Beide strampelten und wehrten sich nach Leibeskräften, doch Agathe machte sich nichts daraus. Sie verließ mit den beiden Katzen den Raum, als würde sie nur eben den Müll rausbringen. Kurz darauf waren zwei dumpfe Aufschläge zu hören. Agathe kam zurück und wiederholte die unsanfte Prozedur mit den beiden reglos am Boden liegenden Mafiosi.

»Was, zum Staubsaugerrohr, geht hier vor, Watson?«

»Es scheint, als hätte Lissy Agathe völlig im Griff.«

»Aber das ist unmöglich! Du weißt selbst, wie oft ich versucht habe, mir von ihr eine Mahlzeit mehr am Tag zu erschnurren. Immer vergeblich.«

»Liebste Miez«, sagte Lady McPointer, die ungefragt bei ihnen im Türrahmen aufgetaucht war. Neben ihr stand Karlito und schaute betreten zu Boden. »Ich bin untröstlich über diese unschönen und völlig unnötigen Szenen. So dringend ich dir erzählen möchte, warum ich dich herbringen ließ, ich muss dich noch um ein wenig Geduld bitten. Eine Mitarbeiterin von mir steckt in Schwierigkeiten und benötigt womöglich meine Hilfe. Agathe? Sei so gut, und mach die Tür zu.«

»Lissy, was soll das? Glaubst du, wir bleiben einfach hier und warten auf dich?«

Doch da hatte die Krimiautorin ihnen schon dreist die Tür vor den Schnurrhaaren zugeschlagen. Sie hörten ein schleifendes Geräusch. Offenbar schob Agathe eines der Regale vor die Tür, bevor sie ihrer neuen Gebieterin folgte.

»Lissy ... Lady?!«

»Ich komme wieder, liebe Miez! Wir zwei setzen unsere Unterhaltung ein andermal fort, versprochen!«

Miez Marple und Watson kratzten an der Tür, sie sprangen abwechselnd an die rostige Klinke, doch die Tür wollte sich einfach nicht öffnen. Eine verschlossene Tür, o nein! Schon spürte Miez Marple, wie ihr eine altbekannte Melancholie in die Glieder fuhr. Wäre Watson nicht gewesen, sie hätte heulen können angesichts der neuen Zumutungen des Universums.

DREIUNDZWANZIG

Nachdem sie den Raum vergebens auf Fluchtmöglichkeiten untersucht hatten, ergaben sich Miez Marple und Watson ihrem Schicksal. Watson nutzte die Gelegenheit, seiner Freundin von seiner abenteuerlichen Flucht mit Kornelius Kneifer zu berichten.

»Weißt du, eigentlich ist er ein richtig feiner Kerl«, schloss er. Miez Marple sah ihren Freund ungläubig an. Die Geschehnisse mussten ihm ganz schön zugesetzt haben, aber ihre Geschichte mit den beiden Turteltauben war ja mindestens genauso unglaubwürdig, und überhaupt, was war das für ein Geräusch? Zeitgleich schauten Miez Marple und Watson zum Fenster auf.

Tick, tick, tick.

Draußen standen zwei Tauben und pickten aufgeregt mit ihren Schnäbeln gegen die Scheibe.

»Das sind Betti und Berti! Von denen habe ich dir erzählt! Sie reden viel über das Schicksal, ihre Erste-Hilfe-Fähigkeiten lassen zu wünschen übrig, und trotzdem –«

»Wir hatten bereits das Vergnügen«, sagte Watson.

Miez Marple stellte sich auf die Hinterbeine und bedeutete

den beiden, dass das Fenster nicht geöffnet werden konnte. Die beiden schrägen Vögel sahen sich an und flatterten davon. Kurz darauf gab es einen Knall, Glassplitter regneten zu Boden.

»Achtung!«, schrie die Katzendetektivin und schubste Watson zur Seite. Ein halber Ziegelstein fiel krachend neben ihnen auf den Boden.

»Betti, Berti! Euch schickt der Himmel!«

»Aus dem Himmel kommen wir«, sagte Berti. »Aber es schickt uns das Orakel.«

»Wer oder was ist das Orakel?«, fragte Watson.

»Erkläre ich dir später«, sagte Miez Marple.

Betti und Berti pickten die verbliebenen Splitter aus dem Fensterrahmen. »Ihr müsst euch beeilen! Das Schicksal erwartet euch im Hafen!«, sagte Berti.

»Etwa in diesem Lagerhaus? Schnell, Watson, lass uns keine Zeit verlieren. Agathe braucht unsere Hilfe!«

Watson kletterte nach oben und erreichte mühelos das zerbrochene Fenster. Tatze für Tatze, damit er nicht unbeabsichtigt in eine der hervorstehenden Scherben trat, schob er sich durch den Rahmen und sprang dann auf der anderen Seite auf den Boden. Miez Marple folgte ihm mit zusammengebissenen Zähnen. Ihre Wunde brannte wie Feuer, doch für Wehleidigkeit fehlte ihnen die Zeit.

»Es ist uns eine Ehre, so hautnah bei diesem kosmischen Ereignis dabei zu sein. Berti-Schatz, fliegst du voraus und sagst den anderen Bescheid? Ich begleite unsere Freunde in der Luft«, gab Betti Anweisung.

Der Täuberich nickte und stob davon.

»Wen meinst du mit *den anderen*?«, fragte Miez Marple.

»Du wirst schon sehen. Los geht's, das Schicksal wartet nicht lange!«

Watson und Miez Marple folgten der Taube quer durch den unbelebten Park. Ein schlaftrunkener Spatz zwitscherte ihnen hinterher: »Schon gehört? Kornelius Kneifer auf freiem Fuß! Das ganze Interview mit Kommissar Milky Way jetzt in der Abendausgabe der *Bellt*!«

Sie durchquerten mehrere Stadtviertel. Hier und da sah Miez Marple in den Fenstern der Gebäude einige Klappenlose, die ihnen neugierig hinterherblickten. Als sie den Hafen erreichten, wurde sie von einem Hustenanfall geschüttelt.

»Miez, geht es noch?«

Ihre Beine waren kurz davor nachzugeben, doch sie setzte ein Lächeln auf. »Keine Frage. Wir haben einen Fall zu lösen!«

Sie rannten weiter. Irgendwann kam Betti zu ihnen runter.

»Ab hier weiß ich nicht weiter. Ich flieg dann mal voraus zu meinem Berti. Die anderen werden euch den Weg weisen!« Damit flatterte sie davon.

»Warte, welche *anderen*?«, rief Miez Marple ihr nach, doch die Taube war bereits verschwunden.

»Und jetzt?«, fragte Watson.

Die Katzendetektivin sah sich um. Sie waren bereits im Hafenviertel, über die kopfsteingepflasterten Straßen zog vom Wasser her dichter Nebel auf.

»Lass uns weitergehen, Watson. In ein paar Minuten sehen wir die Pfote vor Augen nicht mehr.«

Und in der Tat dauerte es nur kurze Zeit, und sie waren

von Nebelschwaden eingeschlossen, die undurchsichtiger waren als jede Milch, die man ihnen vorgesetzt hatte.

»Miez, bist du noch da?«, fragte Watson.

Miez Marple miaute.

»Bitte links abbiegen«, sagte plötzlich eine gurrende Stimme aus dem Nichts.

»Miez! Bist du das?«

»Watson, das sind Tauben! Das hat Betti also gemeint! Die Tauben weisen uns den Weg zu unserem Schicksal.«

»Jetzt klingst du schon fast selbst wie die. Muss ich mir Sorgen machen?«

Miez Marple lachte kurz auf. »Watson, du glaubst gar nicht, wie sehr ich unsere gemeinsamen Streifzüge vermisst habe.«

»O doch«, kicherte der kleine Kater neben ihr. »Ich auch.«

Sie folgten den geisterhaften Stimmen durch den Nebel.

»Hier bitte links halten.«

»Bei der nächsten Möglichkeit scharf rechts abbiegen.«

So ging es noch eine ganze Weile, bis sie in einen Teil des Viertels kamen, in dem der Nebel weniger dicht war. Hier standen nur noch vereinzelt Gebäude.

»In wenigen Metern haben Sie Ihr Ziel erreicht.«

Sie steuerten auf ein durch einen Maschendrahtzaun gesichertes Lagerhaus zu.

»Wie gehen wir vor?«, fragte Watson.

»So wie ich Lissy einschätze, möchte sie sich was von der Seele reden. Vielleicht kriege ich sie im Gegenzug dazu, Agathe gehen zu lassen.«

»Und wenn nicht?«

»Dann improvisieren wir.«

Das Tor des Lagerhauses stand sperrangelweit offen, sodass sie problemlos hindurchschlüpfen konnten. Drinnen schien kaltes Neonlicht von der Decke herab, das gespenstisch flackerte. Miez Marple und Watson schlichen an mit Kartons vollgestellten Regalen und merkwürdigen, mit Tüchern abgedeckten Maschinen vorbei. Aus der Ferne erhaschten sie einen Blick auf Agathe, die gerade einen Pappkarton verschloss und ihn anschließend in den hinteren Teil der Halle brachte. Karlito war damit beschäftigt, herumliegende Laborgeräte aufzusammeln und vorsichtig Scherben beiseitezukehren.

Weiter kamen sie nicht, denn plötzlich tauchte vor ihnen ein graues, grimmig blickendes Gesicht auf, und Watson musste einen Schreckensschrei unterdrücken.

»Ich finde das äußerst unhöflich von dir, Miez Marple. Du weißt doch: Jede Katze braucht ihren Rückzugsort. Daher wollte ich mich nicht ausgerechnet hier mit dir über alles unterhalten.«

»Ich lasse mich nun mal nicht gerne einsperren. Das solltest du am allerbesten wissen. Du wolltest reden. Also reden wir!«

Lady McPointer sah Miez Marple belustigt an. »Also gut. Reden wir. Aber ich möchte, dass du beginnst.«

»Was willst du wissen?«

»Ich bin schon eine ganze Weile zurück in der Stadt, weißt du. Ich hatte angenommen, wir treffen viel früher aufeinander, aber da wusste ich noch nicht, dass du nicht mehr ermittelst.«

»Dabei hätte ich es auch gern belassen, glaub mir, aber da hast du mir wohl einen Strich durch die Rechnung gemacht.«

»Schön«, sagte Lady McPointer. »Dann erzähl mir doch, was du herausgefunden hast. Ich möchte nämlich wissen, ob deine detektivischen Fähigkeiten nicht längst eingerostet sind. Prüfen wir die große Miez Marple in unserem Quiz: *Was ist passiert?*«

Miez Marple zögerte. Wie jede Katze wollte sie lieber selbst entscheiden, wann mit ihr gespielt wurde, doch sie sah keinen anderen Ausweg. »Nun gut«, sagte sie freimütig. »Ich weiß, dass du mit Silberschweifs Verschwinden nichts zu tun hattest.«

»Dieser Wichtigtuer interessiert mich einen Dreck. Ein Kater, der sich dermaßen bei den Menschen anbiedert, ist wahrlich ein erbärmliches Geschöpf!«

»Und doch hast du Karlito losgeschickt, um Schnurrjenko umzulegen«, sagte Miez Marple.

»Ein Kollateralschaden. Oder sagen wir: ein kleines Exempel.«

»Denn dir ging es immer nur um die Festplatte. Don Katzino erwähnte eure Abmachung. Du brauchtest dieses Lagerhaus. Also machtest du einen Deal mit der Katzenmafia: Lagerhaus gegen Festplatte.« Sie ließ ihren Blick über die Reihe der Laborgeräte wandern, die Karlito sorgsam nebeneinander aufgestellt hatte, um den Schaden zu untersuchen, den die Schergen seines Onkels angerichtet hatten.

»Miez, schau mal! Da ist ein Kleintierkäfig. Auf der Polizeiwache gab es die für Mäuse und Ratten«, rief Watson plötzlich.

Miez Marple untersuchte den besagten Käfig und erklärte dann: »Aufgrund der weißen Haare nehme ich an, dass hier bis vor Kurzem eine Labormaus gehalten worden ist. Vermutlich wurden an ihr genau die Drogen getestet, mit denen du dir Agathe gefügig gemacht hast.«

»Einhundert Punkte für unsere Meisterdetektivin! Eine vorbildliche Rekonstruktion des Tathergangs, aber wird es die große Detektivin auch schaffen, das Tatmotiv zu entschlüsseln?«

Miez Marple überlegte. »Es muss etwas damit zu tun haben, was dir im Sonnenfroh passiert ist. Dort im Labor haben sie dir diese Augen verpasst. Die Narbe an deinem Hinterkopf weist darauf hin, dass du operiert worden bist.«

»Wieder richtig. Als ich aus der Narkose erwachte, habe ich geschrien vor Schmerz. Mein Kopf fühlte sich an, als wollte er explodieren.«

»Aber dann hast du schnell die Vorteile deiner neuen Gabe entdeckt, nehme ich an?«

»Ich brauchte einen Moment, um meine Augen zu kontrollieren. Erst hab ich mir fast die Pfoten verbrannt, aber nach ein paar Versuchen konnte ich die Gitter meines Käfigs zum Schmelzen bringen.«

»Dann hast du das Feuer gelegt.«

»Du hättest ihre Gesichter sehen sollen, als sie erkannten, was sie da erschaffen hatten! Die haben ganz schön Angst bekommen!«

»Aber warum haben sie dir das angetan?«

»Aus Spaß, Miez! Ratched, dieser widerwärtige Sadist, hatte einfach Spaß daran. Vielleicht wollte er aus mir eine Waffe machen. Vielleicht wollte er jemandem einen Streich spielen. Oder er hatte einfach zu viele Memes gesehen – es ist auch egal. Menschen machen mit uns, was sie wollen, verstehst du, Miez Marple?«

»Und dein Hass auf die Menschen hat dich dazu veranlasst, eine Droge zu mischen, mit deren Hilfe du die Menschen kontrollieren kannst.«

»Na also, geht doch! Ding. Ding. Ding. Wir haben eine Gewinnerin unserer kleinen Show! Da bin ich aber erleichtert. Ich dachte, ich muss dir meinen ganzen Plan Schritt für Schritt erklären wie eine Superschurkin aus einem zweitklassigen Comicheft.«

»Aber warum musstest du diesen Zirkus im Sonnenfroh veranstalten? Ich habe so sehr gehofft, dich eines Tages wiederzusehen. Du hättest wie jede andere Katze an meiner Katzenklappe kratzen können. Aber stattdessen kommst du mit deinen Laseraugen, lässt einen unschuldigen YouTuber töten und entführst dann auch noch meine Mitbewohnerin! Wie kommst du bloß auf die Idee, ich könnte das toll finden?«

»Unschuldig«, sagte Lady McPointer tonlos. »Kein Mensch ist unschuldig.«

»Ich verstehe ja, dass du böse auf die Menschen bist, Lissy. Aber was hat Agathe damit zu tun? Sie war immer gut zu mir.«

Lady McPointer lachte. »Schade, aber ich habe mich wohl geirrt. Du bist langsamer, als ich dachte. Was glaubst du, wer du bist für deine Agathe? Eine Mitbewohnerin? Eine Freundin? Glaubst du wirklich, du bist mehr als eine Projektionsfläche für sie? Als wären wir Katzen nicht nur zu dem Zweck da, dass sich Menschen weniger allein fühlen. Sie schauen Videos von diesem Silberschweif, jagen Katzenbilder durchs

Netz und drucken sie auf kitschige Kalender. Sie lesen haufenweise Bücher, die sich nur mit uns befassen, damit sie sich nicht mit der Welt um sich herum beschäftigen müssen. Diese Stadt, diese Welt ist dem Untergang geweiht, weil sich die Menschen lieber von Katzenvideos ablenken lassen, anstatt zu verhindern, dass nicht alles vor die Hunde geht!«

»Du redest die ganze Zeit von den Menschen, aber so viel lass dir sagen: Ich habe in den letzten Jahren so einige Katzen kennengelernt, die den Menschen an Grausamkeit in nichts nachstanden.«

»Du glaubst also, die paar Kunstdiebe und Kleintierkriminellen lassen sich mit der Tyrannei der Zweibeiner vergleichen? Zweibeiner sperren uns in enge Stadtwohnungen, machen uns abhängig von ihrer Nähe und ihrem Futter, das aus Leichenresten besteht, die sie selbst niemals essen würden.«

»Aber Lissy, seien wir doch mal ehrlich: Es gibt unendlich viele glückliche Klappenlose! Einige von ihnen haben nie etwas anderes gesehen als die eigene Wohnung. Sie wären ohne die Menschen komplett aufgeschmissen.«

»Hach, dieses ewige ›Man muss beide Seiten sehen‹ hängt mir bis auf die Schnurrhaare. Ich will die Menschen ja gar nicht loswerden. Sie sollen nur endlich Verantwortung übernehmen und uns mit Respekt behandeln, nicht wie kleine Maskottchen!«

»Aber wer von uns soll denn die Menschen kontrollieren? Etwa die korrupte Magret Scratcher? Kommissar Milky Way und seine rücksichtslosen Polizeikatzen? Was, wenn Don Katzino oder noch schlimmere Katzen anfangen, das zu übernehmen? Oder willst du das etwa ganz allein bewerkstelligen?«

»Ich arbeite an einer Lösung. Aber erst möchte ich wissen, auf welcher Seite du stehst. Der Erreger befindet sich bereits in den Trinkbrunnen im Stadtpark und auf dem Hauptplatz. Die ersten Menschen könnten in dieser Sekunde infiziert worden sein.«

Miez Marple schluckte und schwieg, doch so einfach ließ ihre Gegenspielerin sie nicht davonkommen.

»Miez Marple. Es ist deine Gelegenheit, bei der Revolution ganz vorne mit dabei zu sein. Stell dir nur vor: du und ich. Meine Energie und meine Ressourcen, ergänzt um deinen Scharfsinn. Zusammen können wir die Welt verändern!«

»Nein. Ich kann das nicht, Lissy.«

»Du kannst es, weil ich es dir sage! Vergiss die Angst, reiß die Mauern ein und sei frei wie ich!«

In diesem Moment hörten sie hektische Flügelschläge. Wie auf ein Kommando blickten alle nach oben.

VIERUNDZWANZIG

»Was wollen diese verdammten Tauben hier?«, fauchte Lady McPointer. »Agathe, könntest du ...«

Die hypnotisierte Krimiautorin trat aus dem Schatten hervor, schnappte sich ein herumliegendes Metallrohr und ging damit auf Betti und Berti los.

»Hast du das gehört, Miez?«, flüsterte Watson. »Agathe reagiert auf ihre Stimme. Lissy benutzt dafür eine ganz bestimmte Tonart. Das ist mir bereits vorhin aufgefallen. Ich wette, das schaffst du auch. Ich versuche so lange, Lissy abzulenken.«

Miez Marple nickte. Im nächsten Moment schepperte es. Agathe hatte mit dem Metallrohr eines der Regale umgehauen. Miez Marple wich aus und versteckte sich hinter den heruntergefallenen Kartons. Betti und Berti flatterten aufgeregt in der Luft herum.

»Wie würde so eine von Katzen beherrschte Welt denn genau aussehen, wenn ich fragen darf, Lady McPointer? Was wären die Vorteile?«, fragte Watson listig.

»Endlich jemand, der die richtigen Fragen stellt!«, sagte Lady McPointer hocherfreut. »Ich sehe Städte vor mir, in denen kein Auto fährt. Kein lästiger Verkehr, keine Hektik, keine Straßenbahnen. Ich sehe öffentliche Kratzbäume, freien Zugang zu Snacks und Kartons. Alle Hunde sind angeleint, und in den Brunnen fließt verdünnte Milch.«

Unterdessen huschte Miez Marple zu Agathe hinüber, die noch immer Betti und Berti jagte. »Los, Agathe. Lauf davon!«, rief sie ihr heimlich zu. Doch die Kriminalschriftstellerin blieb nur kurz stehen wie eine Katze, der zum ersten Mal eine Schneeflocke auf die Nase gefallen ist, und setzte dann die Verfolgungsjagd fort.

Unterdessen hatte Watson Lady McPointer in eine hitzige Pseudodiskussion über die präzise Ausgestaltung ihrer Pläne verwickelt: »Aber wie sorgen wir dafür, dass die Infrastruktur nicht zusammenbricht? Wir brauchen doch Futter, und die Menschen müssten schließlich auch überleben«, wollte er wissen.

»Alles Lebensnotwendige bleibt natürlich bestehen. Aber die meisten Menschen üben Berufe jenseits der systemrelevanten Infrastruktur aus. Die Leute in den Werbeagenturen, an den Börsen und den Kunstakademien – die könnten endlich etwas Sinnvolles tun und uns füttern, kraulen und bespaßen.«

Mehr hörte Miez Marple nicht, sie rannte noch immer der marodierenden Kriminalschriftstellerin hinterher, die just in diesem Moment erneut zu einem Schlag gegen die Tauben ausholte. Die Katzendetektivin räusperte sich und rief dann mit hoher, sanfter Stimme: »Agathe, könntest du bitte die Stange fallen lassen und nach Hause gehen?«

Und dieses Mal funktionierte es! Mit einem metallischen

Klappern fiel die Stange zu Boden, und Agathe marschierte Richtung Tür.

»Was soll denn das werden?« Lady McPointer sprang auf Watson zu und stieß ihn grob zur Seite. Er überschlug sich mehrere Male und blieb neben einem Regal liegen. Dann rannte sie mit rot leuchtenden Augen auf Miez Marple zu.

»Ich hätte nie gedacht, dass du dich lieber mit Menschen und diesem Federpack zusammentust als mit mir. Aber schön, dann muss die Revolution eben ohne dich stattfinden.«

»Miez, pass auf!«, schrie Watson, der sich wieder aufgerappelt hatte.

»Nein! Das ist nicht ihr Schicksal!«, rief Berti aufgebracht und flog Lady McPointer direkt vor die Schnauze. Sofort fingen seine Federn Feuer. Entsetzt sah Miez Marple Lady McPointer dabei zu, wie sie sich auf den qualmenden Berti stürzte, ihn zu Boden warf und ihm in den Hals biss.

»Berti!«, schrie Betti.

Das Maul blutverschmiert, sah sich Lady McPointer nach einem würdigeren Gegner um und nahm nun Miez Marple ins Visier ihrer tödlichen Waffe.

Agathe hatte mit schlurfenden Schritten soeben den Hallenausgang erreicht, als ihre Ohren eine sanfte Katzenstimme vernahmen: »Agathe, kümmere dich um Lady McPointer!« Diesmal reagierte die Zweibeinerin sofort. Sie machte kehrt, packte Lady McPointer am Kragen und schleuderte die graue Katze mehrere Meter weit durch die Halle.

Miez Marple nutzte Lady McPointers Benommenheit, um kurz die Lage zu sondieren. Als Erstes würden sie sich um den schwerverletzten Berti kümmern müssen. »Berti! Berti-

Schatz!« Betti brach vor dem Täuberich zusammen und heulte.

»Miez, wir müssen hier raus!«, drängte Watson.

»Agathe«, schnurrte sie. »Bitte heb die Taube auf und bring sie in Sicherheit!«

Die Menschenfrau tat wie ihr geheißen, nahm Bertis leblosen Körper behutsam an sich und verließ das Lagerhaus, dicht gefolgt von der heulenden Betti.

Wie aus dem Nichts erschien plötzlich Karlito und stellte sich Agathe in den Weg.

»Stehen geblieben!«, schrie er, den Rücken zum Buckel gekrümmt und mit buschig in der Luft gerecktem Schwanz. Im nächsten Moment warf sich Watson auf ihn. Als der getigerte Kater auch noch die Katzendetektivin auf sich zustürmen sah, miaute er kläglich und machte sich aus dem Staub.

»Was nun?«, fragte Watson.

Miez Marples Antwort wurde von einem Fauchen hinter ihr übertönt.

»Lauf!«, schrie sie.

Watson lief los. Miez Marple setzte ihm nach.

Lady McPointer war ihnen dicht auf den Fersen. Immer wieder leuchteten zwei rote Lichtpunkte neben ihnen auf. Werbeplakate und kleinere Büsche fingen an zu glühen, doch sie rannten weiter. Der Regen hatte die Nebelschwaden beinahe aufgelöst, und einige Häuserblocks weiter war der Dunst gänzlich verschwunden. Sie waren am Rand des Hafenbeckens angekommen. Kleinere Fischerboote schlugen im Rhythmus der Wellen gegen die Kaimauern. Irgendwo ertönte eine Glocke.

Aus der Ferne hörten sie markerschütterndes Donnern, und der anschwellende Wind pfiff ihnen durchs Fell. Am Horizont bäumten sich große Wolken auf, aus denen Blitze auf das tiefschwarze Wasser hinunterschossen. Watson rannte noch einige Meter, bis er spürte, dass seine Freundin nicht mehr neben ihm war. Als er sich umdrehte, sah er Miez Marple neben einem Poller auf dem Boden liegen.

»Miez! Steh auf, wir müssen weiter!«

Die Katzendetektivin atmete flach. Das Plastikpflaster an ihrer Seite war völlig zerfetzt. Blut ergoss sich auf das Kopfsteinpflaster und wurde vom Regen davongespült.

»Schade«, sagte Lady McPointer, als sie sie erreicht hatte. »Ich hatte wirklich gehofft, dass wir wieder zusammenfinden. Aber es stimmt wohl, was man sagt: Die ältesten Freundschaften sind nicht die besten.«

»Watson, lauf weg!«, keuchte Miez Marple.

Doch der schwarze Kater bewegte sich keinen Zentimeter.

»Wie rührend. Das Leben deines Assistenten scheint dir ja am Herzen zu liegen. Aber deine sieben Leben sind jetzt leider aufgebraucht«, sagte Lady McPointer. »Ich hätte wissen müssen, dass du mich verraten wirst. Die süße kleine Miez Marple, der Star am Tag der Offenen Tür im Sonnenfroh. Natürlich wurdest du nach dem Brand sofort von irgendeiner dahergelaufenen Zweibeinerin adoptiert.«

»Lissy! Wenn es das ist, wonach du dich sehnst, dann finden wir einen Ort, an dem du leben kannst«, rief Miez Marple. Sie hustete. »Ich verstehe deine Wut, aber wir müssen einen Weg finden, wie wir weiter mit den Menschen zusammenleben.«

Angewidert blickte Lady McPointer auf die blutüberströmte Katze zu ihren Pfoten.

»Ich fürchte, dafür ist es ein wenig spät. Leb wohl, Miez Marple!« Schon richtete sie ihre Augen auf die wehrlose Katzendetektivin, da mischte sich in das Tosen des Sturms ein neues Geräusch, ein Vibrieren, ein Kratzen und Pfeifen. Auf einmal schien sich das Kopfsteinpflaster um sie herum zu bewegen. Aus allen Richtungen strömten sie auf die drei Katzen zu: hunderte, wenn nicht tausende von Nagern. Einige kletterten aus dem Wasser zu ihnen hinauf, bis sie umringt waren von einer keifenden Armee mit messerscharfen Zähnen.

»Das ist sie! Das ist die Mörderkatze!«, kreischten die Nager.

Miez Marple, die sichtlich Mühe hatte, die Lider offen zu halten, warf ihrem Assistenten einen fragenden Blick zu.

»Das ist K. A. E. S. E., sie müssen uns beobachtet haben!«, rief Watson.

Im nächsten Moment sprang Lady McPointer auf den Poller und begann, mit ihren Augen Ratten zu versengen. Dann machte sie einen Satz in die wogende Menge und haute mit ihren Tatzen wild um sich. Einige Tiere flogen davon. Doch es rückten immer mehr kampfeshungrige Nager nach. Sie verbissen sich in Lady McPointers Fell, bis sie sie kaum noch abschütteln konnte.

»Kannst du aufstehen?«, rief Watson Miez Marple durch den Lärm hindurch zu.

Die völlig durchnässte Detektivin nickte und erhob sich mühevoll. Der Kampf schien kein Ende zu nehmen. Ein grelles Licht leuchtete auf und erhellte die Szene. Erst dachte

Miez Marple, es sei ein Blitz gewesen, doch dann erkannte sie den Transporter, der sich über das Kopfsteinpflaster auf die kämpfende Masse zubewegte. Seine Scheinwerfer wanderten über das Schlachtfeld. Die Ratten quiekten auf und verteilten sich zu allen Seiten. Auch Lady McPointer sprang aus dem Licht. Sie landete genau vor Watson.

»Dann machen wir eben mit dir weiter, armer schwarzer Kater«, fauchte sie. Watson sah, wie sie ihre Augen auf ihn richtete.

»Nein, Watson!«, schrie Miez Marple und stürzte sich mit letzter Kraft auf Lady McPointer. Diese geriet auf dem nassen Kopfsteinpflaster ins Straucheln, rutschte aus und fiel mit dem Kopf voran ins Hafenbecken. Kurz vor dem Eintauchen schoss eine gewaltige Hummerschere aus den schwarzen Wellen hervor, schnappte nach ihrem Körper und zog ihn hinab in die Tiefe.

Miez Marple sackte zusammen. Der Regen prasselte unerbittlich auf sie nieder. Dumpf hörte sie Watsons Stimme, das Geschrei der Ratten und dann ...

Absolute Stille.

EPILOG

Die Katzenklappe klapperte versöhnlich, als Kommissar Milky Way den Raum betrat. Ohne seine alberne Polizeimütze sah er beinahe liebenswert aus. Watson erhob sich und kam ihm entgegengelaufen.

»Kann ich sie sehen?«, fragte Milky Way.

»Ist es der Kommissar?«, rief Miez Marple aus dem Wohnzimmer.

»Ja! Und er sieht noch immer nicht so aus, als hätte er eine Erklärung für sein immenses Versagen.«

»Hören Sie. Es gibt Neuigkeiten, auch wenn die polizeilichen Ermittlungen durch die schwierige Suche nach einer neuen Wache derzeit massiv behindert werden. Wir können nun offiziell bestätigen, dass die Geschehnisse so abgelaufen sind, wie Sie berichtet haben. Nur Fluffy Schrödinger gilt weiterhin als vermisst. Äußerst bedauerlich.«

»Kommissar! Das sind ja unglaubliche Neuigkeiten«, sagte Watson, von dem polizeilichen Ermittlungserfolg völlig unbeeindruckt. »Was ist denn mit der alten Wache?«

»Da soll so ein Bubble Tea Laden reinkommen«, brummte Milky Way. »Furchtbar. Ich dachte, das Zeug ist längst out.«

Watson begleitete den Kommissar ins Wohnzimmer, wo die Katzendetektivin in ihrem Korb lag und die letzten Herbstsonnenstrahlen genoss. Ein Teil ihrer Flanke war kahlrasiert, und die Wunde, die Xerxes ihr verpasst hatte, war genäht worden.

»Kommissar Milky Way! Was verschafft mir die Ehre? Sicher wollen Sie mich verhaften? Oder wollen Sie es noch mal mit dem lieben Watson versuchen?«

Der Polizeikater blickte schuldbewusst zu Boden. Er würde sich das noch eine ganze Weile gefallen lassen müssen. »Zu Ihrer aller Information: Ich habe Blaze und Blümchen gefeuert. Die zwei haben jahrelang von unseren Vorräten im Revier gestohlen und sie an die Gefangenen verkauft.«

»Mal ganz abgesehen davon, dass sie korrupte, sadistische Monster sind«, fügte Watson hinzu.

Der Kommissar räusperte sich, holte tief Luft und sagte dann: »Miez Marple, ich glaube, ich muss mich bei Ihnen bedanken...«

Watson stupste Miez Marple liebevoll in die Seite und grinste. »Hört! Hört!«

»Oh, ein ganz neuer Zug an Ihnen, Kommissar!«, sagte Miez Marple. »Aber wofür denn bloß? Dafür, dass ich den Fall mit Silberschweif und dem Gnadenhof gelöst habe?«

»Äh, dafür natürlich auch.«

»Etwa dafür, dass ich Sie noch immer zu mir vorlasse, nachdem Sie mich so unartig behandelt haben?«

»Hören Sie...« Doch sein leiser Protest drang nicht zu der Katzendetektivin durch, die einfach weiterredete.

»Dafür, dass ich die Stadt vor einer der gefährlichsten

Superschurkinnen seit Charcoal Ramses befreit und uns alle davor bewahrt habe, in einem faschistischen Katzenstaat leben zu müssen?«

»Miez, Bitte!«

Watson gab sich keine Mühe mehr, sein Kichern zu unterdrücken.

»Ich wollte Ihnen Danke sagen, dass Sie mir den Glauben an die Gerechtigkeit zurückgegeben haben. Die Katzenmafia ist massiv geschwächt, der Drogenhandel ist zurückgegangen, und Silberschweif ist wohlbehalten bei Schnurrjenkos Verwandten untergekommen. Ohne Ihre tatkräftige Unterstützung, Miez, stünden wir heute nicht hier. Danke, danke von ganzem Herzen.«

»Nun lassen Sie mal gut sein«, sagte Miez Marple und schnurrte doch sehr zufrieden. »Ach, Milky Way, wo Sie schon mal da sind: Das neue Video von Florian Silberschweif ist geleakt worden, wussten Sie das? Ein neuer Kanal mit dem Namen *ShirTheTiger3000* hat es hochgeladen, irgendein Schurke versilbert sich damit die Pfoten.«

»Sobald unsere IT-Abteilung so weit ist, werden wir uns der Sache selbstverständlich annehmen.«

»Ah. Da wüsste ich vielleicht jemanden für Sie. Ich sage ihr, sie soll sich bei Ihnen melden.«

»Unsere Priorität ist derzeit Kornelius Kneifer, der immer noch abgängig ist. Da könnte ich Ihre Hilfe gut gebrauchen.«

Watson setzte an, etwas zu sagen, doch Miez Marple kam ihm zuvor: »Leider, leider: keine Zeit. Sie wissen, ich habe jetzt viel zu tun. Unser Erfolg hat sich herumgesprochen, und nun gibt es eine Menge anderer Tiere, die mich um meine

Hilfe ersuchen. Wenn ich Sie brauche, melde ich mich bei Ihnen, Kommissar.«

»Aber ...«, sagte Milky Way, doch in diesem Moment pickte etwas an die Scheibe. Vor dem Fenster stand Betti und sah mit schiefgelegtem Kopf herein.

»Bitte, Kommissar. Wir müssen jetzt in den Garten. Aber bleiben Sie doch zum Abendessen! Agathe freut sich immer, wenn Katzen zu Besuch kommen.«

»Fast schon schade, dass sie geheilt wurde. Sonst könnten wir dafür sorgen, dass die Portionen auch anständig groß sind.«

»Watson!«

»Nur ein Scherz, Miez. Ich bin doch auch froh, dass die Wirkung des Erregers nach ein paar Tagen nachgelassen hat.«

Gemeinsam schritten Milky Way, Watson und Miez Marple über den Rasen. Im hinteren Teil des Gartens hatten sich bereits etliche Katzen und Tauben versammelt. Sogar eine K. A. E. S. E.-Delegation war anwesend, hielt sich jedoch lieber im Gebüsch versteckt, da längst nicht alle anwesenden Katzen der Mäusejagd abgeschworen hatten.

»Verehrte Anwesende«, sagte Betti. Sie stand neben einem kleinen Stein, in den mit scharfer Kralle Bertis Name eingeritzt worden war, und plusterte ihr frisch gemausertes Federkleid auf. »Es macht mich glücklich, dass so viele von euch dem Ruf gefolgt sind. Mein Berti war der tapferste Täuberich unter dem großen weiten Himmel. Er ist immer dem Ruf des Schicksals gefolgt, und zwar bis zur letzten Sekunde.«

An dieser Stelle konnte eine Spitzmaus unter dem Gebüsch nicht mehr an sich halten und schluchzte lauthals los.

Betti räusperte sich. »Ich bin dankbar, dass uns die Vorsehung so viele kostbare Stunden zu zweit gewährt hat, auch wenn sie naturgemäß wie im Flug vergingen. Danke, Berti!«

Dann lehnte sie sich gegen den Stein und gurrte und schluchzte zum Herzerweichen, während die anderen Tiere respektvoll schwiegen.

Wenige Minuten später, die Trauergemeinschaft war im Begriff, Betti ihr Beileid zu bekunden, sprang ein kleiner pummeliger Kater mit rot-weißem Fell von der Mauer in den Garten. Miez Marple fing ihn ab. Als er sie erkannte, leuchteten seine Augen. »Sind Sie Miez Marple? Die berühmte Detektivin?«

»Genau die, aber könnten Sie etwas leiser sprechen? Wir sind in Trauer.«

Erschrocken sah der Kater auf die Gästeschar. »Oh! Schlechtes Timing. Es ist nur ... Ich glaube, ich brauche Ihre Hilfe!«

Watson kam hinzu. Miez Marple sagte: »Bringst du den Klienten schon mal in mein Büro, damit wir die anderen nicht stören? Ich bin gleich bei euch.«

»Sieht so aus, als müsste dein Gedichtband noch etwas warten, liebe Miez«, merkte Watson an.

»Ach, mein lieber Watson, wozu braucht eine Katze schon Literatur, wenn sie Verbrechen aufklären kann?«

ENDE

DANK

Ich bedanke mich ganz herzlich bei Hinnerk Köhn, der mir damals die Aufgabe stellte, für meine Lesebühne Randale & Liebe einen Katzenkrimi zu schreiben, bei Henrike Dusella für frühes Lektorat und Hype ab der ersten Seite, bei Jasmin Schreiber für die unermüdliche Unterstützung, bei Ronja Forcher für gemeinsame Online-Lesungen aus dem Manuskript, bei den Zuseher*innen meiner Streams, die das Entstehen des Textes im Digitalen mitbegleiteten, bei Lina Dieckmann und Meike Behrmann für die wichtigen Hinweise und Anmerkungen zum Text, bei der Elisabeth Ruge Agentur und dem Goldmann Verlag für die tolle Zusammenarbeit, bei Elias Hirschl für das Komponieren von Florian Silberschweifs Katzenschlagern, bei Lena Schleiter, die mir die Welt der Katzen erst gezeigt hat und natürlich bei Willow und Katerchen, die die Inspiration für Miez und Watson waren.